光文社文庫

傑作小説

三人の秘密

富島健夫

目次

別れたけれど

理枝《りえ》の内部で何かが生じつつある。

敬一《けいいち》はこのごろそう感じていた。

何かとは何か、それはわからない。訊《き》こうとはしなかった。訊いても、言うはずはないからだ。

交歓の最中にも、ときどき敬一はそれを感じた。敬一に合わせて理枝は動いている。その両腕は敬一にからみ、その両脚のかかとは敬一の足に食い込むようになっている。

呼吸ははげしく、ときどき声が洩れる。快適な感覚のなかをさまよっているのだ。

ほんの数秒だが、敬一はその理枝の腕を冷たく感じ、あえぎとは遠いところにふっと理枝の心がはずれてしまうのを意識する。

そんな感じに襲われるのである。交歓しているのは理枝のからだで、もう一つの理枝が出現して、すこし離れた場所で脇を見ているのである。

毎回ではない。

ときどき、である。

気のせいか。

そうも思った。

しかし、こちらは虚心である。とくに交歓しているときはそうだ。理枝を味わい、感覚を追い、理枝をさらによろこばせようとしている。その途上でのことだ。

数秒後、理枝は元にもどって、敬一の疑念を払うかのようにさらに情熱的になる。

(この子、あたらしい男が出来るか出来つつあるのではないか)

(ただ何か思いわずらうことがある、だけではない)

(それとも、おれとの仲に倦怠《けんたい》をおぼえはじめているのか)

交歓のときの不協和音は微妙である。もっと明確なのは、服を着て対面しているとき。つい先だっても、大学正門前の食堂で向き合ってハンバーグ定食を食べているとき、理枝は手を休め、およそ二十秒ほど、皿の一点をみつめて動かなかった。

(また、はじまったな)

ひそかに観察しながらだまって食べていると、理枝はかすかな溜め息を洩らし、ふたたび食べはじめたのである。

理枝と同じ講義が二つある。その一つの講義のとき、敬一ははじまってから入って行き、最後尾の席に着いた。

こういうとき、理枝はなるべく後方の席にいて、敬一が隣に行きやすいようにしていたものだ。このごろ、そうしなくなって前方教壇近くにいることが多い。

席に着いた敬一は、すぐに理枝の姿をななめ前方に発見した。

理枝の隣は若宮町子《わかみやまちこ》がいた。

ときどき、敬一は理枝のほうを見た。

やがて、期待していた、というより予感していたことが起こった。理枝が上体を起こしたまま、講師の話をノートするのをやめ、前の女子学生の背をみつめて動かないような状態になったのだ。

（また、はじまった）

（何を考えているのか）

（放心状態なのか）

敬一は理枝をみつめつづけた。

町子が理枝に話しかけた。

そのとき、理枝の肩は、不意討ちを受けたかのように上下した。

（たしかに、おかしい）

（以前は、このようなことはなかった）

似たようなことがしばしば生じ、それがしだいにいちじるしくなって来つつあるのだ。


土曜日。

図書館で調べものをしていると、安川宏《やすかわひろし》がやってきて、背をかがめ、敬一の耳に口を寄せた。

「おい山崎《やまざき》。ちょっと来てくれ」

閲覧室は私語厳禁なのだ。

ちょうどそろそろ出ようと思っていた敬一は、分厚い専門書を返却し、荷物を持って廊下に出た。

「どうしたんだ？」

「勉強中、すまない。坂口《さかぐち》理枝さんのことで話があるんだ。重大な用を頼まれた」

「ほう」

「ここじゃまずい。〝吉野《よしの》〟に行ってビールでも呑まないか」

大学近くの、二時ごろから酒を呑ませる店である。

酒は日が暮れてから呑むものと限ってはいない。とくに、時間に自由な学生はそうである。けっこうはやっている。

「呑みたいのか？」

「うん。呑みたい心境だ」

二人は「吉野」に行った。

店は椅子席と座敷に分かれている。二人は座敷に上がり、奥に陣取った。見まわしたが、きょうは知った顔はいない。客の入りは七分通りだ。かなりにぎやかである。

「じつはな、理枝さんにたいへんなことを頼まれた」

ビールのグラスを合わせて乾杯したあと、安川は声をひそめた。

「うむ」

「はっきりと言うぞ」

「うむ」

「おまえと別れたいそうだ」

ふしぎに、ショックはなかった。この前から予感していたことが具体的な事実となってあらわれた。そんな感じであった。

「理枝は？」

「自由になりたいんだそうだ」

「自由？」

「そう。おまえから自由に」

「おれはあの子を束縛していない。ほかの男にくらべたら、ケタちがいに寛容だ」

「束縛の問題じゃない。あの人の心の内部の問題だ。おまえとこういうようになって半年経つそうだな」

「うむ」

「このごろは、まるでおまえと同居しているような工合だ、と言っている。同じ部屋に住む、という意味じゃないぞ。あの人のなかにおまえが入り込んでしまっているんだ。いつもおまえのことを考えている。胸にも入っているし、あたまにも入っている。じっさいは一人でいるのに、膣のなかにもいる」

「膣？　あの人がそう言ったか？」

「そう言った。あの人は、自分を見失いかけているらしい。このままでは、独立した自分がなくなって、おまえの女である自分だけになってしまう」

「………」

「そこで、しばらく別れて、あたらしい状況に身を置いて、自分を立て直したい。それがあの人の悩んだ末の決心なんだ」

「どうして、本人がそれをおれに言わないんだ？」

最初に運ばれてきたビールはたちまち空《から》になり、安川は追加注文した。料理も頼んだ。

「言いづらいんだよ」

「あの子には若宮町子をはじめ、親しい女子学生が大勢いる。なぜその子たちを……」

「同性には頼みづらいんだろう。おれを選んだのは、おれがおまえの親友だと思ったからだろう。それに、おれの人格を認めてくれているからだろう」

「たしかに、あの子はおれの友達のなかでもおまえをもっとも高く評価している。しかし、手紙という手もあるのになあ。手紙のほうがくわしく書きやすいだろうに」

「そこでだ、おまえ、今夜の六時に、あの人はおまえの部屋に泊まりがけで行くことになっていただろう？」

「うん」

「行かないそうだ。おれと会ったのは朝で、あの人は午後の新幹線で郷里に帰った。月曜にはもどって来るだろうが、今は東京にいない。東京にいれば、ふらふらとおまえの部屋に行ってしまう自分を知っているからだろうな」

（おれと別れて、あたらしい男の目当てでもあるのだろうか？）

その疑問はしかし、口には出来なかった。安川が知っているわけはないのだし、そういう想像は、理枝のもっともらしい理由づけにくらべて、次元が低い。

「だいたいわかった。理由はともかく、おれはふられたわけか」

敬一は笑った。

無理な笑いではない。

じっさいなんとなくおかしかったのである。

「そういう言い方はするなよ。おれはあの人の話を聞いて相当つっかかっていった。恋とはたがいに意識し合い自己を注入し合うものだという原理をふりかざした。しかし、説得できなかった。とにかく、あの人は強い女になろうとしている。しばらくそっとしておいたほうがいい」

「わかった」

敬一は安川の恋人の今泉友子《いまいずみともこ》を思い出していた。友子が妊娠したとき、理枝は安川に頼まれて病院にいっしょに行き、手術を待って自分の部屋に連れて帰った。

友子は両親と住んでおり、家に帰るのは危険だったのだ。両親には、理枝が電話して泊めることを告げた。

今度安川に頼む気になったのも、そういういきさつがあるからだろう。

安川の恋人のその今泉友子は、理枝とちがっておとなしくやさしい女だ。すべて、安川の言いなりになっている。

「あいつが言った通りの理由でおれと別れたいんなら、あいつはバカだ。観念的過ぎる。友子さんの生き方のほうが、女にはしあわせなのだ」

「友子のことはいい」

安川はグラスのビールを一息に呑み、敬一をみつめた。

「話はまだあるんだ」

「ほう」

「理枝さんと別れると、おまえはさっそく不自由する。欲望の捌《は》け口《くち》がなくなる。これは一方的な友好条約破棄だから、理枝さんの責任だ。あの人はそう言った」

「おもしろい考え方だ。あの子らしい」

「そこで、だ。おい山崎、これからが重要なんだぞ。そこで、当分の間、つまりおまえがあたらしい女をみつける間の代用品として」

「……………」

「おどろくなよ。若宮町子を推挙する。あの人はそう言った。つまり、これからは若宮町子を抱け、ということさ」

「へえ、そういうことまで心配してくれているわけか、ありがたい話だ」

敬一は苦笑した。

「しかし、どうやって抱くんだ？」

「若宮町子にはもう話はつけてあるそうだ。町子さんは承知している、きょうは」

安川は時計を見た。

「もう四時だ」

「おどろいたなあ」

「四時からずっと町子さんは自分の部屋にいるそうだ。電話番号はこれだ。おまえがその気になったら、電話すればよい。町子さんの部屋に行くもよいし、おまえの部屋に呼ぶもよい。町子さんはおまえの電話を待っている。おまえに抱かれてもいいという気で待っている。それが理枝さんのことづけだ」

「若宮町子には恋人はいないのか？」

「今はいないらしい」

「自分はおれから逃げて、町子を押しつけようというわけか」

「押しつけるんじゃない。女に不自由で困るんならそのからだを使用すればよい、という親切心さ」

「自分はだめで町子ならいいのか？」

「そう、それは、理枝さんがおまえに惚れていて、町子さんはそうじゃないからだ。この論理はよくわかるよ」

「よし、電話しよう。抱く抱かないはべつとして、どこかへ呼び出して呑もう。いろいろ問いたいこともある」

「してみろ。もう、いるはずだ」

電話するなら、酔う前がよい。

(これは、何かのわなかも知れないぞ)

そう思いながら、いずれにしても電話するだけならどうということはないだろうと結論して、敬一は席を立った。

若宮町子はいた。

「安川宏の話はほんとうかい?」

「ほんとうよ。すくなくとも、あたしに関するかぎりは」

「すくなくとも?」

「だって、理枝さんの真実は、あたしにはよくわからないもの」

「これから、新宿《しんじゅく》に出て来ないか?」

「呑むの?」

「うん。呑みながら、話を聞こう」

「いや」

「なぜ?」

「お酒、好きじゃないの。それに、さわがしいところに出たくないの」

「じゃ、ぼくの部屋へ来るかい？」

「行くわ。何時に行けばいい？」

「六時ちょうど。六時に理枝が来る予定だったこと、知っているかい？」

「ええ、聞いているわ」

「同じ時刻でいい。いつか理枝といっしょに来て、知っているだろう？」

「ええ、おぼえているわ。それに、理枝から略図も書いてもらったの」

「とにかく、待っている」

「今、すこし呑んでいるんでしょう？」

「安川と、ね」

「あまり呑まないで」

席にもどった敬一は安川に、町子はおれの部屋に来ることになった。ここで呑むのは五時までだ」

と言った。

「来たら、抱くだろう？」

「ま、多分、そうなるだろうな。女がいいと言っている。ことわる理由はない」

「抱けば、理枝さんと別れるのを承知したことになる」

「承知するもしないもない。理枝が別れたいと言っている。いや別れないとしがみつくほどおれは人間が出来ていないよ」

六時五分前に敬一は部屋に帰り、その十分後に町子があらわれた。

二人はテーブルをへだてて座り、敬一は紅茶をいれた。

そう酔ってはいない。

「きみ、食事は？」

「すんだわ、あなたはまだ？」

「いや、きみが呑まないのを知っているから、すませてきた」

「理枝と別れてあげるの？」

「しようがない」

「あなたなら、認めてくれるだろう。理枝はそう言ったわ。月曜に帰って来るから、よく話し合ったらいかが？」

「話は安川から聞いたよ。あの通りだろうが、きみの口からも聞きたい」

「主体性の問題なのよ。彼女、自分の主体性が失われて行くみたいでこわいの」

「そういうものかな。ぼくなんか、どんなに女に心を奪われても、それで自分の主体性が失われるとは思っていない」

「男と女はちがうの。男が独裁者であった歴史は古いでしょう？　自信があるのよ。その点、女はようやく自己主張出来るようになってまだ日が浅いわ。だから、一生けんめいなのよ」

町子の話も、安川の話と似たようなものであった。

理枝が直接敬一に言わずに日曜を利用して帰省してしまったのも、わかるような気がした。一石を投じて波紋のひろがりおわるのを待って、月曜日に冷静に話し合おうとしているのだろう。

「理枝は、ぼくが追いかけて理枝の実家に行く可能性は考えなかったのだろうか？」

「いいえ」

町子は敬一をみつめた。

「ひょっとしたらそうなるかも知れない、と言っていたわ。そのときは向こうで話し合うつもりだったんでしょう」

「きみは、どう思った？」

「追いかけては行かない、と思ったわ。あなたは女を追いかけるタイプじゃないもの」

「さあ、その点はどうかな？　わからんぞ。ただ、今度の場合は、面食らっているだけだ」

「前から、理枝が自分と戦っていることを感じなかった？」

「あれがそうだったのかなあ。しかし、ちょっとおかしい」

交歓をしている最中の理枝の様子を、敬一は語った。

「きっとそれなのよ。感じながら、感じない自分をみつけようとしていたのよ」

「どうしてそんな努力をする必要があるんだろう？　ばかばかしい」

「あなたを愛し過ぎているからよ。愛し過ぎちゃいけないの。その点、あなたは理枝を適当に愛しているんでしょう?」

「ま、そう言えばそうだ」

「それで、あなたは理枝と別れられる?」

「別れられるさ。しようがない」

「今夜、あたしをここに泊めてくれる?」

「ああ、泊まっていただこう。もう寝ようや。押し入れからふとんを出して敷いてくれ」

「はい」

町子は手際よくふとんを敷いた。持って来たカバンからあたらしいシーツを出してひろげた。

「そんなものを持って来たのか?」

「そう、だってこのシーツ、理枝が寝ていたんでしょう?」

「うん」

カバンからはネグリジェも出て来た。

「追い返されたら、重たいのを持って来て損するところだったわ」

敬一が先に下着だけになってふとんに入り、カーテンの向こうに行った町子は、やがてネグリジェ姿であらわれた。

「電灯、どうする?」

「明るいままのほうがいい」

「あたしもそのほうが好き」

町子は横からすべり込んできた。敬一は抱き寄せる。

「やわらかなからだをしているね……」

「着やせするほうなの。デブでしょう?」

もう理枝の話はしないつもりである。

「今、つきあっている男は?」

「いないの、もうずっと前から」

「じゃ、どうしていた?」

「しかたがないわ。ときどき、自分の手で慰めるだけ」

はじめて、接吻した。すぐに、町子の接吻は肉感的になった。

(理枝よりはるかに巧いぞ。テクニカルだ)

敬一のからだは興奮状態になり、町子の腿に押しつけられた。

「指で?」

「ええ」

「入れるの?」

「ううん、入り口とか……」

「器具は?」

「使ったことはないわ」

「男が、欲しかったかい？」

「それはもう」

「じゃ、どうして作らなかったの？　きみなら、ちょっと色目を使ったら、ぞろぞろついて来て選《よ》りどり見どりだろうに」

「そんな人、いないもの。いても、人の彼だったりして」

「どうしてぼくとこうする気になった？」

「前から、欲しかったの。理枝からいろんなことを聞いていたし、理枝の彼だから、遠慮していたのよ」

「理枝が、どうしてきみを指定したんだろうな」

「あたしの気持ちを知っていたからでしょう？　でも、言い出すときは、言いにくそうだったわ。最初は遠まわしなの」

「すぐに承知したのかい？」

「ええ。だって、へんにためらっていたら、あの子、提案を引っ込めそうだったもの」

「今まで、何人の男を知っている？」

「二人」

敬一は乳房に手をあてがった。さっきから敬一の胸を圧迫していたものだ。

「大きいね。それに内容も充実している」

理枝の倍ぐらいある。いや、それ以上だ。理枝は普通より小さい。

「オッパイの大きい女は、あたまが良くないんだって。ふふふ」

そんな俗説にとらわれていたことを示す笑いである。

敬一はその乳房を愛撫しはじめる。

町子の手も、敬一のからだを撫でながら下へ移動しはじめた。

「二人目の男と別れたのはいつ？」

「半年ぐらい前。あなたと理枝とが結ばれたころからよ」

「なぜ、別れた？」

「ちょっとしたトラブル。あまり良い男じゃなかったの」

「何が？」

「何もかも。とくに性格が良くなかったの」

「最初の男も、正式の恋人だったのかい？」

「そう」

「じゃ、恋愛感情抜きで遊びでこうしたことはないじゃないか？」

「ないわ、今夜がはじめて」

町子の手はブリーフの上から敬一を握りしめた。

「ああ」

「どうだい？」

「ああ」

町子はくちびるを求めてきた。

その最中に、町子の手は一旦敬一を放してブリーフのゴムをくぐってふたたび握りしめてきた。

敬一の手も、町子の下半身へ伸びた。ネグリジェの下には何も身につけていない。カーテンの向こうへ行ったときに脱いできたのであろう。

やわらかな秘毛であった。

「心配だわ」

町子はつぶやいた。

「何が？」

「理枝とくらべて極端に悪かったら、代用品にならないもの」

「そんなことはあり得ない」

町子はすでに情欲の海になっていた。

「男の人の手、久しぶりよ」

町子の手の動きもこまやかである。

「よく、半年もがまんしたものだ」

「女は、耐えられるのよ。理枝だって、これから耐えるんだわ」

「まさか、きみが第二の男と別れたとき、理枝が今のきみの役をしたんじゃないだろうね？」

「まさか。第一、そのときはあの子は、あなたとつきあいはじめていたじゃないの」

「それはそうだが」

「あなたとつきあいはじめてあの子が浮気していたと思う？」

「それはわからない」

敬一は言わないつもりだったのに、町子はさかんに理枝の名を口にする。

「それはぜったいにないわ。そうだったら、あなたと別れなかったでしょう」

そのあと、二人の会話は途切れた。愛撫がたかまったのである。町子の秘部は、理枝とはかなりちがっていた。いろんな点でちがっていた。

それが新鮮であった。

また、町子の手の動きも、理枝とはちがっている。目をつむっていても、ちがう女を抱いていることがわかった。

「ね、ね、もう」

ついに町子は身をよじってせがみ、敬一は姿勢をあらためた。

（ほう、これはちがう）

その瞬間、敬一はそれを感じた。あきらかに異質のからだである。機能がちがっている。

どちらが上だということは比較できない。

（すくなくとも、こういうからだを知ったというだけでも、理枝に感謝しなければならない）

動きも、発する声もちがっていた。理枝よりも急なのである。敬一はそれに合わせなければならなかった。

一方では敬一は、町子から放射される熱情を見守っていた。このごろの理枝のように、ふっと横にそれるということはなかった。

熱心であった。張りつめたまま、飛びつづけている。このごろの理枝のように、ふっと横にそれるということはなかった。

はげしい時が流れ、やがてクライマックスの声を上げた町子は、敬一がなおも休まずに攻めると、しりぞこうとした波がふたたび寄せて来て、急速に燃え、ほとんど一分もしないでまた声を上げた。それが三回つづいたとき、敬一は耐えられなくなった。

「どうだった?」

しばらくのときが経って、町子は敬一にささやいた。

「あたし、いい?」

「すばらしいよ」

敬一はその頰に接吻した。

「予想をはるかに越えている」

「理枝と、どっちがいい?」

「まったくちがうからだなんだ。比較のしようがない。きみのような女ははじめてだ」

「悪い意味で、じゃないかしら?」

「もちろん、良い意味で、だ」

「ほんとうだったら、うれしいわ。これから、週に一度ぐらいでいいから、抱いてくれる?」

「ぼくこそ、それを望む」

「今夜のこと、理枝に報告していい？」

「いいとも。最初からそのつもりだ」

「あたし、あなたに嫉妬しないし、束縛しないわ。あなたをあまり好きになり過ぎないように努めるわ」

「ぼくは、きみを好きになるかも知れない」

「それはうれしいけど、あたし、理枝にやはり憎まれるんじゃないかしら？」

「もう、あの子は過去の女なんだ」

「でも、月曜日には話し合わなきゃ。彼女、朝の新幹線で向こうを発って、一時には大学に着くわ。学生会館で二時ちょうどに会うことになっているの。そのとき、いっしょに会って。そのほうがあたしも安心よ」

「そうしよう。ぼくは、別れを承知した。それだけ言えばいいんだ」

「そうしてくれる？」

　あくる日曜の十時ごろ、

「天気がいいから早くお洗濯しなきゃ」

　そう言って町子は、それまで敬一が使っていたシーツや敬一の下着類を持って帰って行った。

　そして月曜の朝早く七時前に、ふいにドアをたたいたのである。

　もちろん、敬一はまだ寝ていた。

挨拶の接吻を交わしたあと町子は、

「二時に理枝に会うでしょう?」

と念を押してきた。

「うん、いっしょに会うんだろう?」

「ええ。だからその前に……」

「………?」

「あなたが男としてあの子を見ないように」

早口である。

「あなたの精気を抜きたいの」

敬一をまさぐってきた。二人はもつれ合ってふとんの上に倒れた。

午前中の講義は二人とも休み、午後連れ立って敬一のアパートを出て大学に向かった。

敬一の腕を取って歩きながら町子は、

「あたし、エゴイストなの。理枝に協力しているんじゃなくて、あたし自身の欲望のためなのよ。その点だけは信じて」

と言った。


学生会館の一隅に腰かけて本を読んでいる理枝を見て、

(やつれたな)

敬一はそう感じた。土曜から今まで豊満な町子に会いつづけていたからかも知れない。

そのほうへ進もうとする敬一の手を、町子は引き、耳に口をつけた。

「あたし、二十分したら行くわ。あなた、先に会って」

「なぜ？」

「そのほうがいいの」

身をひるがえして去って行く。

(それもそうだな)

理枝はまだ、敬一が町子と遊んだことを知らないのである。

敬一は理枝の前に立った。

理枝は顔を上げ、

「あ」

と低く言った。

「田舎へ行ったんだって？」

「ええ」

敬一は理枝の横に腰を下ろした。

「安川から聞いたよ」

「おこった？」

「いや、しかたがない、と思った」

「許してくれる？」

「土曜日、若宮町子がぼくの部屋に泊まった」

「そうでしょうね。それでいいの」

「今朝も来て、今までいっしょだった」

「どこへ行ったの？」

「二十分後にここに来る」

「もう、あたしとあなたは普通の友達になったと思っていいのね」

「やむを得ない」

「町子、可愛いでしょう？」

「あのとき、すごく一生けんめいになる」

「あの子とずっとつづけてもいいし、あたらしいだれかがみつかるまで利用してくれてもいいわ」

「うん。どっちになるか、まだわからない。ただ、きみの配慮には感謝するよ」

「あなたへの配慮じゃないの。あなたがあの子とそうなってくれたら、もうあたしはあとにはもどれないから、あたし自身のためなの」

「もうあとにはもどれない？」

「ええ」

「そんなことはない。あの子はあの子、きみはきみだ」

「そんなことはないわ。そんなんじゃ、意味がないもの」

「ま、とにかくぼくはそう思っている。ところで、ひとつだけ質問がある」

「どうぞ」

「次元の低い質問で、気を悪くするなよ」

「しないわ」

「好きになりそうな男でもいるのか？」

「………」

「この前から、なんとなくそんな気がしていたんだが、ぼくの錯覚かも知れない」

「………」

「どうなんだい？　もう何も言わずに別れるから、はっきりと言えよ」

「いるの」

「………！」

敬一は目をつむった。

予感が的中したことが、逆にショックだったのだ。

「でも、その人とはまだなんでもないのよ、デートしたこともないし、そう親しく話をしたこともない」

目を開けて理枝を見た。

「だれだ？」

「あなたの知らない人」

「やはり、そうか。きみの胸に、ちらちらその男のおもかげがよぎっていたんだな」

「そうかも知れない。でも、まだ好きだという自覚はないし、その人はあたしのことなどなんとも思っていないでしょう？」

「よし、これで了解した。どうもぼくはきみとちがって、現実的なものの考え方しか出来ないから、今まで釈然としなかったんだ。これで胸がすっきりした」

敬一は理枝の肩をたたいた。

「これからは、友達として仲好くしよう」

「ええ」

理枝はうなずいた。

「お願いするわ」

町子がやって来て、理枝の向こう側に腰かけた。

「田舎、どうだった？」

「家にこもっていただけよ。帰るのが目的じゃなく、東京を離れていたかっただけだもの」

「家の人、びっくりしたでしょう？」

「まあね」

一呼吸して理枝は、

「町子、ありがとう、礼を言うわ」

と言った。

「あら」

町子は首を振った。

「礼を言いたいのはあたしよ。おかげで当分は……。ふふふ、ごめんなさい」

理枝は立った。

「あたし、講義に出なきゃ」

「あら、出るの？」

「ええ、どうしても出なきゃならないの」

敬一のほうを向いた。

「それじゃ、これで」

「ああ、そのうちに一杯呑もうや」

「落ち着いたら、ね」

「そのときは紹介してくれよ」

「ひょっとしたらね」

理枝は去り、町子はふしぎそうな顔で敬一を見た。

「紹介するって、だれを？」

「いや、やっぱりぼくの予感は的中していたんだ」

説明する途中から、町子は首を振りはじめた。

「ぜったいに、それはちがうわ。そんな人はいないわ」

「本人が、いるって言っているんだ」

「バカねえ、架空の人物よ。あなたとの仲を完全に断つための嘘よ」

「きみが知らないつきあいだってある。人の心はわからないものなんだ」

「でも、それはちがうわ」

「ちがっても、そうだということにしようじゃないか」

「そんならいいけど」

二人は学生会館を出て、文学部のほうへ歩いた。

向こうから、安川がやって来た。

「よう、お揃いだな」

町子は前に進み、

「お世話になりました。おかげさまで、こうしていっしょに歩いているの」

と言った。

「うん、いいことだよ。うらやましいと言えるなあ。おれの友子も、だれかをおれに紹介してくれないかなあ」

「そのかわり、友子さんが逃げて行ってもいいの?」

「ああ、いいとも。ほんとうにあいつ、男でも作ってくれりゃいいんだ」

友子の貞節に自信があるがゆえのことばであろう。

最初に約束した通り、敬一は一週間に一度の割りで町子を抱いている。たいてい、土曜から日曜にかけてである。だから、厳密に言うと一週間に二日ということになる。土曜の夜交歓して、日曜の朝もくり返すからだ。

敬一としては適当なエネルギーの放出で、理枝とつきあっているときとほぼ同じ程度であった。

敬一の部屋に町子が泊まりに来ることもあるし、町子の部屋に敬一が泊まることもある。その町子との仲を、性欲処理のため、と敬一は規定していた。

それは町子も認めていて、

「あたしだって、そうよ。おたがい、クールに行きましょう」

と言っている。

どちらかに恋人が出来て都合が悪くなったら、その時点できれいに別れる。そんな仲であった。

理枝とは、教室や大学の並木路や図書館前のベンチで、ときどき会う。にこやかに挨拶を交わすのだが、コーヒーを呑みに喫茶店に入るということはなかった。なんとなく、誘うのがはばかられるのだ。

それとなく友達や女子学生にほのめかしてみるのだが、敬一と別れたあと理枝がだれかと親しくなったという話は聞かない。

また、理枝の態度や表情にも、それをにじませたものは感じられなかった。

ある日敬一は、喫茶店で一人で本を読んでいる理枝をみつけた。

敬一は友達とその店で会う約束をしているのだが、まだその時刻に早い。

そばに寄って、

「同席していいかい？」

と許可を求めた。

顔を上げて、

「あら」

と小さく叫んだ理枝は、

「どうぞ」

と言って本を閉じた。敬一はその前に腰かけてコーヒーを注文し、

「その後、好きになりそうな人はどうした？」

と笑顔で訊いた。

「ああ、あのときの話」

理枝はあごを引いた。

「あれは創作なの。そんな人、いなかったし、今もいないわ」

「それじゃ」

敬一も真顔になった。

「主体性はとりもどせたかい？」

ゆっくりと、理枝は首を振った。

「まだまだなの。あなたの姿を見ると、胸がきゅーんとなるわ。町子を見ると苦しくなるし、まだこれからよ」

「じゃ」

敬一は上体を理枝に傾けて声を低めた。

「遊びでぼくとつきあうには、まだ長い日数がかかるな？」

理枝は敬一をみつめた。みつめたまま、その目がみるみる潤んできた。

「そうよ」

かすれた声であった。泣きそうな顔になってきた。

「でも……」

敬一は畳み込んだ。

「今夜、どうだい？」

しばらくして、乱れた声で理枝は、

「誘惑しないで。それでなくても……」

と言う声が急にぼやけて、あとはことばにならなかった。

情事は別

襖が開かれ、閉じられた。それで、昭夫《あきお》ははっきりと目が覚めた。

部屋は暗い。暗くして寝るのが習慣なのである。

ただ、雨戸は閉ざしていない。

だから、外からのほの明かりが、部屋にただよっている。人が入ってきたのも、目に入った。

白っぽい人影である。

人影は昭夫の寝ているふとんに近づき、姿勢を低くした。

隣の部屋に、足立公二《あだちこうじ》とその恋人の黒羽美加《くろはみか》を泊めている。昨夜、三人で呑んだのだ。

入ってきたのはそのどちらかと察していたが、間近にうずくまられて、美加だとわかった。

(何しに?)

疑問に首をひねる間もなく、美加の手がふとんのなかに入った。

からだごとすべり込んできたのである。昭夫は抱きつかれた。と同時に、くちびるがくちびるに押しつけられた。

はげしく吸い、強く抱きしめたあと、美加はくちびるをはずした。

美加はあえいでいた。

昭夫は低く、

「どうしたの？」

と言った。

「トイレに行ったあと、まちがえたんじゃないか？　おれは吉田《よしだ》だよ。きみと足立は向こうの部屋だ。向こうに行きなさい」

あわててふとんを出て行くことを、昭夫は予想した。まちがいはだれしもあることである。

足立には秘密にしてやるつもりであった。

しかし、美加は昭夫を抱いた手を、ゆるめなかった。

「知っているわ」

震えを帯びた声で言った。

「吉田さんに、抱いてもらいに来たの」

足をからめてきた。

熱い息が、昭夫の耳をくすぐる。

「足立は？」

「眠っているわ。あれだけ呑んだんだもの、朝まで起きない。よく知っているの」

「困ったなあ」

「いやと言わないで」

美加は上からおおいかぶさるポーズになった。豊満な乳房が、昭夫の胸に押しつけられた。

スリップ姿である。

「欲しいの、眠れないの」

「足立を起こせばいい」

「吉田さんを欲しいの。今夜だけでいい。抱いてみて」

美加の手は動いた。昭夫の胸を撫で、中心へ進む。昭夫はその手を押さえた。

「今度にしよう」

とささやいた。

「今夜は危険だ。目を覚ましたらたいへんだよ」

「今、欲しいの。ね、触って。どんなに欲しがっているか、わかるわ」

触れば、その瞬間から同罪になる。

とはいえ、女からせがまれて、やせがまんするのも芸がない。

昭夫は迷った。

「ね、お願い」

美加は昭夫の頬に頬を密着させ、舌をくちびるに這わせた。手は、昭夫の手の力を排して進もうとする。

昭夫のからだは刺激を受け、興奮状態になった。

「お願いよ。恥をかかせないで」

「危ないよ。このつぎにしよう」

「だいじょうぶ。あの人、ぜったい目を覚まさないわ。あたし、もうどうしようもなくなっているの」

「足立を、愛しているんだろう？」

「それとこれとは別よ。ね、お願い。ちょっとだけでいいから」

泣きそうな声である。

「朝、足立は会社に行く。きみもいっしょに出るんだろう？」

「ええ」

「途中で別れて、もどって来ればいい」

「そうしてもいいわ、だから、ちょっと触って」

昭夫は決断した。

(触るだけなら)

(触れば向こうに行ってくれる。だから、妥協して触った。そういう弁解が成立する)

昭夫は、美加の手を押さえた手をはずし、そのからだへ伸ばした。

同時に、美加の手は昭夫の中心を的確につかんだ。

「まあ」

と言った。

つづいて、

「うれしい」

と言った。握りしめてきた。

これはもうやむを得ぬ。快さをおぼえながら昭夫の手は美加の腰を這い、スリップの裾をくぐった。

美加はその下を脱いでいた。

しとどになっていた。

花びらは長い。厚みもあった。手を伸ばすと、低いうめきをもらした。

昭夫は手を静止させ、

「さ、これで約束したことになる。もう行きなさい」

美加は腰をうごかし、

「もう、ちょっと」

と言った。

「このままじゃ、眠れない」

「危険だよ。気配で目を覚ますこともある」

「だいじょうぶよ。ね、もうちょっとだけ」

美加は巧みに指を動かし、今度は昭夫をじかに握りしめた。一方、しのばせた昭夫の指も美加がうごめくたびに、奥に吸い込まれそうになる。

「いけないよ。きみは酔っている。だから、大胆過ぎるんだ。ね、あしたの朝、ぼくはずっとここにいて、きみがもどってくるのを待つから」

「そんなことを言って、あたしがいやなんでしょう?」

「そんなことはない。約束するよ」

「じゃ、ちょっとだけ」

「ちょっとだけじゃすまされなくなる」

昭夫は美加の灯台に触れた。美加は声を上げた。

その声はかなり大きく、思わず昭夫はそこから手をはずし、からだを美加から離れさせた。

「さ、もう行って寝なさい。みつかったら弁解の余地がない」

「わかったわ」

ようやく、美加はうなずいた。

「彼、八時にここを出ると言っていたわ。あたし、いっしょに出て、九時までにはもどって来る」

「わかった。待っている」

「かならずよ」

美加はくちびるを求めてきた。昭夫ははじめて美加の首を抱いた。乳房の大きさを感じながら、接吻する。

そのあと美加は、

「約束のしるし」

と言ってふとんに顔をもぐらせた。昭夫は仰向けになり、美加のなすにまかせた。

美加の舌の動きは絶妙であった。

今度は昭夫が、このまま美加のなかに入りたくなった。

自制して、美加の顔を引かせた。

美加はふとんから顔を出してふたたび昭夫のくちびるに接吻したあと、

「吉田さんの、大好き、おいしいの。想像していた通りだわ」

と言った。情欲にまみれた声である。

「さあ、行きなさい」

「ああ、今欲しい」

「危険だ」

「わかったわ。九時までにかならず、ね」

美加は起きた。足許がふらつく。

襖に歩き、そっと開け、向こうの部屋に身を移し、襖を閉めた。

昭夫はほっとした。

(ぶじにすんだ)

美加の口で濡れた自分を握り、ようやくおどろきが体内にひろがっていった。

(こういうことがあっていいものか？　おれは夢を見ているんじゃないか？　あの子は寝ぼけていたんじゃないか？)

(さあ、どうする？　ほんとうにあの子は一人で九時までにもどって来るか？　おれは待っていていいものだろうか?)

(これは何かのワナではないだろうか?)

(女はわからない)

(選りに選って恋人の友達であるおれに対して)

結論は急ぐことはない。

とにかく今は眠ることだ。

昭夫は目をつむった。


つぎに目を覚ましたとき、部屋のなかは明るくなっていた。

すぐに、昨夜の美加の行動を思い出した。

(夢か現実にあったことか?)

現実だと確認するものが、シーツの上に落ちていた。ヘア・ピンである。それを手に取って眺めた。

時計を見る。

七時であった。

(まだ早い)

(あの二人は、まだ眠っているのか?)

腹這いになってたばこを吸い、あらためて美加の大胆な行動の理由を考えた。

(おれに惚れていたのか?)

(まさか)

(浮気な女なんだ)

(足立は酔い過ぎて眠った。美加は欲求不満だったんだ)

(それとも、何かのワナか?)

しかし、陰謀を企むような女とは思えない。

(いったい、どういう顔で会えばいいのか)

枕許の本を読んでいると、隣の部屋で話し声がはじまった。

足立が目を覚ましたのだ。

(まだ起きるのは早い。どうせ、食事をしないで出かけるのだ)

(二人は愛し合うか?)

(だとすると、美加は満足して、もどっては来ない)

酔った上での一時の突発的な情欲だったとすれば、あとは何事もなくてすむ。

(おれと足立との交友のためには、また足立自身のためには、そのほうがいい。おれは昨夜のことを忘れることが出来る。酔った上でちょっと戯《たわむ》れただけだ)

しかし、隣の部屋でははじまる気配はなかった。

どうやら美加は起きたようだ。

昭夫は起きて丹前を着た。

襖に寄る。

「おい、開けるぞ」

「どうぞ」

と答えたのは美加で、普通の声である。

襖を開けると足立はふとんのなかで腹這いになってたばこを吸っており、美加は部屋の隅で服を着て顔の手入れをしていた。

「お早《はよ》うございます」

美加は持っていた鏡を置き、畳に両手をついて挨拶してきた。

「あ、お早う」

「昨夜はご馳走さまでした。あつかましく泊まったりして、すみません」

昭夫を見る目はいつもの通りで、翳《かげ》りはなかった。

「いや、ぼくこそ愉快だった。楽しい夜だった」

昭夫は足立の枕許にあぐらをかいた。

「眠れたかい？」

「ああ、ぐっすりだよ。何しろ、きのうの朝は早かったからな。ふとんのなかに入ってすぐに眠った。さっきまで、前後不覚だ」

「じゃ、美加さんを可愛がらなかったな？」

「そんなエネルギーはないよ。何も、おまえのところに泊まったときにそんなことをする必要はない」

「遠慮しなくていいのに」

「遠慮はせんさ。さあて、おれもそろそろ起きて行こうかな」

「そうよ、起きて。起きないと、一人で行くわよ」

「そう急ぐことはない。八時に出れば十分間に合うんだ」

台所はきれいに片づけられていた。昨夜昭夫や足立が寝てから美加が洗ったのであろう。

「よかったら、軽く何か食べて行けよ。牛乳とパンならあるぞ」

「いや、何も食べたくない。ああ、昨夜はよく呑んだなあ。久しぶりに徹底的に呑んだ」

八時ちょっと前、足立と美加は連れ立って靴を履いた。

昭夫は玄関まで見送る。

「また泊まりがけで来いよ」

「うん、ありがとう。例の件、頼んだぞ」

「わかった。最善を尽くすよ」

「お願いします」

美加も神妙な顔であたまを下げた。

昨夜のことを匂わせる態度は、さっきからまったくない。

二人は出て行き、昭夫はパンをトースターのなかに入れ、

（目玉焼きでも作ろう）

と考えた。

美加がもどって来るかどうか、あてにはならない。

もどって来ないと判断するほうが自然なようである。ひょっとしたら、美加は忘れているかも知れない、昭夫の逃げ口上と解釈したかも知れない。

そもそも足立が別れるときに言った「例の件」とは、足立と美加との結婚の件なのである。

足立はまだその両親に、美加とのことを言っていない。

東京に恋人を作っていないと思っている足立の両親は、このごろしきりに見合い写真を送って来るようになった。

今度、昭夫は郷里に帰る。一週間ばかり、滞在する予定だ。

足立が昨夜ウイスキーを持って美加と訪ねてきたのは、美加のことを両親に知らせる役を昭夫に頼むためであった。

「おれのほうから言うよりも、最初はおまえから美加を褒めてくれたほうが、効果的だと思うんだ、客観性があるからな。いわゆる一種の仲人口になる。そのあと、おれからおふくろに電話し、場合によっては美加を連れて帰る」

足立が用心深いのは、資産家の一人息子だからだ。一方、美加は母子家庭の都営住宅に住む娘で、経済生活での階層はそう上ではない。弟妹も多い。結婚を両親に認めさせるのは、かなり難航しそうであった。

ただ足立は、両親がどんなに反対しても、美加と結婚する、と決心している。それでも、両親がなっとくしてくれれば、これに越したことはないのである。

つまり、昭夫はきわめて重要な役を負うて帰郷することになったのである。久しぶりに故郷の空気を吸いたいというのんきな旅行のはずだったのに、思いがけないなりゆきである。しかし、足立のためにはそれぐらいの労は惜しまない気になって承知したのだ。

美加としては、昨夜は自分の一生を左右する役を頼んだ男のふとんのなかに忍び込んできたわけだ。

もし昭夫が大声で美加の不心得を叱りつけた上、

「あんな女とは別れろ」

と足立に暴露すれば、たいへんなことになってしまったところだ。だからいっそう、昨夜の美加の行動は不可解であり、大胆過ぎると言える。

その反面、

(おれを蕩《たら》し込んで、おれが足立の両親を熱心に口説く気にならせるためかも知れない)

ということは考えられた。

目玉焼きでトーストを食べたあと、昭夫はシャワーを浴びた。

(さて、はたしてもどって来るかどうか)

あてにしていては嗤《わら》われそうなので、来ないことに決めて、昭夫はふとんのなかで本を読みはじめた。すこしふつか酔い気味だが、自由業であるだけに会社に出勤しなくてもすむ点、サラリーマンよりもらくである。

九時十分前、チャイムが鳴った。

昭夫はゆっくりとドアまで歩いた。

「どなたです？」

「あたし、美加です」

急に胸が締めつけられる感じになった。

（やはり、来たのだ）

（さあ、たいへんだぞ）

（おれはまだ態度を決めていない。来ないだろうと思い込もうとしていたのだ）

緊張しながら、昭夫はドアを開けた。

入って来た美加は、後ろ手にドアを閉め、はにかみ笑いをうかべて、

「忘れていたんでしょう？」

と言った。

「いや、おぼえていた。ただ、来るかどうかはわからない、と思っていた」

「来ないわけないわ。上がってもいいですか？」

「どうぞ」

部屋に入った美加は、コートを脱ぎ、そのまま抱きついてきた。

態度を決めていない昭夫は、なかばもてあまし気味にそのからだを抱きしめる。

「からだが」

　かすれた声で美加は言った。

「ずっと、鳴りつづいているの。ああ、もっと強く抱いて」

　要請通りに、昭夫は手に力をこめる。美加は右腿を押しつけてきた。

「あたしを責めないで、お願い。もう、何もかもわからなくなっているの」

「何も食べていないんだろう？　パンでも焼こうか？」

　美加ははげしく首を振った。

「そんなの、欲しくない。吉田さんを、欲しいの」

　昭夫のからだはドアを開けたときから、反応を示していた。美加の激情的なことばで、それはさらにふくれあがった。

（よし、もうこうなったら、しかたがない。足立には悪いが、おれから誘ったんじゃない。この子が何かを企んでいるにしても、かまうことはない。おれだって、前からこの子に魅力を感じていたんだ）

　昭夫はささやいた。

「じゃ、向こうへ行こう」

「抱いて行って」

　昭夫は美加を抱き上げた。背のわりに重い。からだが豊満なのだ。

　寝ていたふとんを足ではねのけ、シーツの上に横たえる。

美加は両手を昭夫に巻きつけたままである。

「昨夜だけの気まぐれじゃなかったの？」

「そんなふうに思わないで。ドアを開けてくれなかったら、あたし、狂っていたわ」

熱くて長い接吻がはじまった。その途中から、美加は昭夫をまさぐる。

「シャワーを浴びて来る？」

「ええ、でも、逃げて行かないで」

「ここで待っているよ」

美加は浴室に入り、昭夫は玄関にカギをかけてふとんにもどった。

浴室から出て来た美加は、素肌にバスタオルを巻きつけただけの姿であった。

そのバスタオルをほどいて、ふとんのなかに飛び込んできた。

昭夫も全裸になった。まさぐると、情熱のしるしは腿にまで伝わっていた。

「もういいの、もう、これを、あなたと」

そのことばに応えて昭夫は上になった。美加は叫び声を上げ、からだ全体を震わせてしがみついてきた。同時に、昭夫はこれまでの女では得られなかった強烈な締めつけをおぼえた。

「ああ、すばらしい」

「吉田さんもよ」

「うーん」

「ああ、あたし、もう」

その瞬間から昭夫は、美加が足立の恋人であることを忘れた。

美加はついにその日、一日中昭夫のふとんのなかにいた。会社へは、十時ごろに電話して休むことを通告したのだ。

「足立が会社に電話をかけたらどうする？」

と言うと、

「休んだと思うでしょう。別れるとき、それを匂わせたから」

「じゃ、家へ電話が行く」

「そうしたら、家に帰ったらうるさくて眠れないから、友達の部屋で休養していたと言うわ」

万一の場合を考慮しているようで昭夫は安心した。

夕方まで、二人はくり返し情欲の炎を燃やしたが、その合間にいろんなことを話し合った。

「きみは、足立がはじめてだったの？」

足立はそう言っている。

「ええ、はじめて」

「それで、足立とつき合いはじめてから、浮気したことは？」

「ね、信じて。こんなふうに吉田さんとこうなったから信じて欲しいというのは無理でしょうけど、浮気ははじめてよ」

「ぼくが？」

「ええ、吉田さんはだから二人目、今まで、彼しか知らなかったわよ」

「じゃ、すべて、足立から教わったの？」

「ええ」

「ほんとうかなあ」

「誓ってもいいわ」

「じゃ、なぜぼくとこうする気になった？」

「わからない。昨夜、寝てから急に、もうじっとしておれなくて、ふらふらとこの部屋に入ってきたの」

「足立を起こせばよかったのに」

「ちがうのよ。吉田さんを欲しくなっちゃったの。あの人じゃだめ」

「この前、いつ足立に可愛がられた？」

「三日ほど前」

「それじゃ、そう長い期間ほったらかされていたわけじゃない」

「ちがうのよ。あたしの心は、そんなあれじゃないの。あたし、吉田さんに運命を感じたんだわ。あたしのからだがそんなになってしまったんだわ」

また昭夫は美加に、

「きょうだけにしよう」

とも言った。自分に言ってきかせることばでもある。

「きみは足立の奥さんになる人だし、ぼくは彼の友達だ」

それに対して、美加はうなずいた。

「わかっているわ。でも、自信はない。ただ、吉田さんがそうしたいんなら、あたしは何も言えない」

「とくに、今度はぼくは、足立の両親に会って、きみのことを頼まなきゃいかん。これ以上こんなことをしていると、足立からきみを奪いたくなるかもしれない。そうなったらたいへんだし、かえってきみと足立の仲を向こうの両親が反対するようなことを言うようになってしまうかも知れない」

「吉田さんが拾ってくれたら、彼とは別れてもいい」

「それはいけないよ。ね、きょうはいっぱい楽しんで、あしたから忘れよう」

「ええ、吉田さんにまかせるわ」

「足立を愛しているんだろう?」

「ええ」

「だったら、それが一番だよ。足立の両親にはきみのことを絶賛する」

「吉田さん、彼のお父さんやお母さんに信用があるんでしょう?」

「そううぬぼれている。だから、多くの高校時代からの友達のなかから、足立はぼくを選んだのだろう」

「よろしく、ね。でもそれより、あたしはこれからも吉田さんと会いたい」

「いや、それはやはり慎んだほうがいい。きょうだけの情熱にしよう」

「あたし、よくない？」

「とんでもない。今までの女で、もっともすばらしい」

「吉田さん、どうしてちゃんとした恋人を作らないの？」

「足立はどう言っている？」

「あいつは自分を失いたくないからだ。そう言っているわ」

「そうかも知れない。何回か、恋人らしいものを作ったんだが、すぐにこっちを束縛したがるんだ。きみも、足立に対してそうなんだろう？」

「あたし、嫉妬深いの。彼が女の人と話をしているのを見ただけでくやしくなってしまうの」

「足立はきみにすっかり参っている。心配しなくてもいい。浮気はしない」

「わたしもそうよ。彼だけを守るの。でも、あなたは特別。嘘じゃないわ。ね、信じて」

「信じよう。きょうだけは例外にしよう、きみもぼくも」


一週間後、昭夫は新幹線で東京駅を発った。ホームに足立と美加が見送りに来た。

もちろん美加は、足立の前ではあの日のことは忘れたように昭夫に接した。あくまでも足立の貞淑な恋人としてふるまうのである。

昭夫も、足立に怪しまれないように気をつけた。

「ほんとうに頼んだぞ」

「まかしとけ、ちゃんと美加さんを連れて帰れるようにお膳立てをする」

「何事も臨機応変に頼む」

美加の写真や美加と足立が並んで撮っている写真を、昭夫は何枚か預かった。美加の履歴書も預かった。公式の使者なのである。

いよいよ昭夫が車内に入るとき、

「あまり褒めすぎないで。お会いしたときにがっかりされたくないの」

と言ったあと、はじめて一週間前をよみがえらせる熱っぽい目で昭夫をみつめた。

昭夫はそれとなく目をそらせ、

「ありのままを言うよ。きみなら、それで十分なんだ」

と言った。

西下する列車のなかで、昭夫は後方へ移る窓外の景色に目をやりながら、

（ほんとうの友達なら、ここで足立に美加の多情さを知らせるだろう）

と思った。

第三者から見れば、美加はあきらかに恋人として失格である。第一の条件である貞淑さに欠けている。

けれども昭夫は、美加を非難する気にはなれなかった。むしろ、足立の妻として可愛いとすら思うのだ。二人の結婚に尽力するのは、この前までは足立への友達としての義務が主であった。

今はちがった心境になっている。美加のためにも骨折ってやりたい、そう思うようになっているのである。

郷里に着いたその夜、美加から昭夫の実家に電話がかかってきた。

昭夫は父や兄と酒宴の最中であった。

「やあ、何かあったのかい……」

足立じゃなく美加がかけてきたことに、昭夫は不安をおぼえた。

「ううん、ただ、声を聞きたかったの！」

「電話番号、よくわかったね？」

「彼の手帳を見て、こっそりと写したの」

「今、一人かい？」

「ええ、家よ」

「あれから、すぐに別れたのかい？」

「ううん。彼のマンションに行って、さっき車で送ってもらって帰ってきたの」

足立はマンションに一人で住み、車を持っている。いずれも、父親に買ってもらったものである。

「じゃ、疲れただろう？」

「意地悪言わないで。それより、高校時代の女の子が大勢遊びに来ているんでしょう？」

「残念ながら、そうじゃない。身内だけだよ、ぼくがこうして帰ったことは、だれにも知らせていない」

「ほんとう」

「ほんとうさ」

応対しているうちに、恋人の査問を受けている気になった。考えれば、美加にはそんなことを気にする理由はないはずである。

「あしたはだれかに会うの？」

「いや、足立の家に行く。とにかくきみたちの用をすませたい」

「すみません」

「こうして電話をかけてきたこと、あいつには秘密なんだろう？」

「ええ。ただ、声を聞きたくなったの。一週間前にもどりたい」

「それはぼくも同じさ。しかし、去った日はもどって来ないものだ。これから寝るのかい？」

「ええ、今、呑んでいらっしゃるの？」

「そう」

「あまり呑まないで。彼も、吉田さんは会社勤めがないから呑み過ぎる傾向があると心配していたわ」

「なあに、体調は考えている」

妙な気分のなかで、昭夫は受話器を置いた。しかし、美加からの電話をうれしがっている自分を否定できなかった。

兄嫁が訊いてきた。

「彼女なの?」

「いや、そうじゃない。友達の彼女なんだよ。べつに用でもない」

あくる日の午後、昭夫は美加に言った通りに足立の実家を訪ねた。

宏壮な屋敷である。庭に、いろんな種類の大樹が十本ほども聳《そび》え、周囲を高い大谷石《おおやいし》の塀でめぐらせている。門には屋根もある。高校時代から昭夫は、

(こういう金持ちの家に生まれたらどうなんだろう?)

足立をうらやましいとは思わなくても、その生まれにあやかりたかった、と考えていたものである。

門を入って行く。

あらかじめ訪問を電話で伝えてあるので、すぐに応接間に通された。

しばらく待たされて足立の母親があらわれ、つづいて父親も出て来た。

ポケットから写真の入った封筒を出した昭夫は、

「足立君は、結婚したいと思っている女性が東京にいます」

と言った。

結局、話の場所は応接間から座敷に移り、昭夫は酒肴《しゅこう》のもてなしを受けて三時間ほどいたのだが、結果は大成功であった。

途中で足立の母は東京の足立のマンションに電話をかけ、昭夫の話が事実であることを確認

した。

　電話は母親から父親に交替し、父親は直接足立に、

「そういう人がいるんなら、連れて帰って来なさい。わしが会いに行ってもよい。どうして今までだまっていたんだ？　今さら立場をあれこれ言うほど、わしは古くはない」

　と伝えたのである。もちろん、その前に昭夫はことばを尽くし情熱をこめて美加の人となりを褒めたことは言うまでもない。

　足立の家で呼んだハイヤーに乗って帰りながら昭夫は、

（美加のやつ、ひょっとしたらおれが心をこめて褒めることを願っておれを誘惑したのではなかろうか？）

　と思った。

　帰郷の一週間はあっという間に過ぎた。昭夫は、学生時代に遊びの関係のあった女と久しぶりの一夜を過ごしたが、美加のはげしい炎と天性のからだの記憶がまだなまなましく残っているせいか、期待したほどの楽しみはなかった。

　帰京したあくる夜、昭夫は足立の招待を受けてそのマンションに行った。

　美加も来ていた。

　すでに結果は昭夫が足立の実家を訪れた日にあきらかになっている。

　美加はつつましく、

「おかげさまで、ある程度安心してこの人のお父さんに会いに行くことが出来ます。ほんとう

にありがとうございました」

と言った。

足立は昭夫のために、足立も昭夫も行きつけのクラブのホステスを呼んでいた。金を払って店を休ませたのである。昭夫が前からそのホステスを狙っていることを知っての親切である。ここで酒を呑むのに女が美加一人では昭夫がつまらないだろうと察したのだ。

四人は呑みはじめた。自然、ホステスは昭夫のパートナー役を受け持つ。

アルコールがかなりまわってから足立は、

「おい、今夜は美加も帰らなくていいんだ。おまえたちも泊まれ」

と言い出した。

もちろん、昭夫は泊まってもいい。

「どうだい？　泊まるかい？」

ホステスの肩に手をかける。

「いいわよ」

ホステスはうなずいた。

「でも、一人で寝るなんて言わないで」

「もちろん」

足立が応じた。

「吉田ときみは同じ部屋さ。同じふとんかどうかは二人で決めろよ」

足立の父親が用で上京することがあるので、ここにはふとんは何組もある。

「どうする？」

昭夫を見るホステスの目に媚態《びたい》があふれる。昭夫とそうなるつもりで来ていることは、呑んでいる間の態度でわかった。

「とにかく、同じ部屋に寝よう。寝るときはふとんは別でも、夜中にどうなるかはきみ次第さ」

「あたし次第？　じゃ、泊まるわ」

十二時過ぎ、酒宴はおひらきとなり、奥の和室の六畳に、美加が二組のふとんを敷きはじめた。

足立と美加は、廊下をへだてた洋間の足立のベッドで寝る。

その間に、足立はよろめきながら寝室に入って行った。

「じゃ、おやすみなさい」

美加も昭夫たちにそう言って、部屋を出て行った。

「さあ、寝よう」

昭夫は下着姿になってふとんのなかにもぐり込んだ。美加のあとにくっついて隣室へ行ったホステスは、五分ほどしてネグリジェ姿でもどってきた。

「どっちに寝ればいいの？」

「どっちでも」

「じゃ、とにかくこっちに寝るわ。移って来るかはあなたが決めて」

「ま、あの二人が眠るまで待とう」

「足立さんは高いびきをかいて眠っているわよ」

「美加さんが、あとかたづけをしているだろう」

二人はそれぞれのふとんに入って、時を待っていた。昭夫はもう、この女を抱こうと決めている。美加のときとちがって、拒む理由はない。

ホステスがふとんのなかに入って三十分も経ったころ、襖がノックされた。ひめやかなノックの仕方である。

「はい」

昭夫が応じると、襖がひらき、水差しを持った美加があらわれた。

ピンクのネグリジェを着ている。ここに置いているものだろう。しかし、ネグリジェ姿で客の前にあらわれるとは大胆である。

「忘れていたわ。ごめんなさい」

入って来た美加は昭夫の枕許に水差しを置き、そのまま座って、

「メロンでも切りましょうか？」

と言った。

力んだ表情になっている。声もぎこちなかった。

「いや、もういい。足立は？」

「もう朝まで目を覚まさないわ。吉田さんほど強くないの」

「せっかくきみが泊まったのに」

「ううん、いいの。今夜は吉田さんのための宴会なんだから」

「遠慮なくご馳走になったよ」

と、美加はホステスに見えないように昭夫の腕をつかんできた。

「ね、ちょっと来てくださる？　シャワーの調子がおかしいのよ」

口実だ、とすぐに感じた。しかし、承知しないわけにはいかない。

「ぼくは機械はあまり強くないが、どれ」

まだはだかになっていなくてよかったと思いながら、昭夫は立った。すばやく、美加の目が昭夫の前を見、すぐにそらされた。昭夫のからだは平常で、円錐形にはなっていない。

昭夫のあとから部屋を出た美加は、襖をきっちりと閉めた。

その美加に案内されて浴室に入る。

「どこがどうなっているんだい？」

そう問う昭夫に、美加は抱きついてきた。ふいのことで昭夫はよろめき、美加を抱きしめる。

美加はくちびるを求めてきた。

はげしく短い接吻のあと、美加は首をたてつづけに振った。

「いやよ、いや」

「どうしたんだい？」

「いや、あたしの前であんな女と寝るなんて、お願い、あの女を帰して」

「もう遅いよ」

「じゃ、あたしたちの部屋に寝て」

「まさか」

「とにかく、あの女と同じ部屋に寝ないで、こっちの部屋に寝て」

「きみは、足立の奥さんになるんだ」

「それとこれとはべつよ。とにかく、あたしの前ではほかの女を抱いて欲しくないの。ね、お願い」

あの日かぎりの仲ではなくなっているのを、昭夫は悟った。昭夫はあらためて美加を抱き、手をその腿に這わせた。

美加はこの前と同じ状態になっていた。

「おれも、友情とこれは別だ」

そう考えようと思った。

茶色い靴

関西への二泊三日の出張があって、一月ばかり経ったある日、退社間際の水野《みずの》に、久美《くみ》から電話がかかってきた。

「今、叔父さんの会社の近くにいるの。生ビールでもご馳走して」

同居している久美がこうして会社に電話をかけて来る。めずらしいことだ。

「ああ、いいよ。二十分ほどしたら、一階の受付に下りて行く。待っていてくれ」

妻の三重《みえ》に内密に何か話があるのかも知れない。すぐにそう思った。

若い娘の話なら、恋愛問題であろうか。とすれば、水野よりも女同士の三重のほうが話しやすいはずだ。

しかし、この四月に上京して水野の家に下宿をはじめたばかりの久美は、まだ三重とそう親しくない。

三十分後、水野と久美はビヤ・ホールでジョッキを前にしていた。

「会社はどうしたんだい？」

「外まわりで、この近くまで来たの。もう、もどらなくていいのよ」

東京の大学を出ても郷里に帰って就職する女の子が多い。女の子はたいていの場合、就職は結婚までの一里塚なのだ。

久美は逆に、向こうの短大を出て、本社採用になった。一度は東京で生活してみたいという久美自身の希望による。両親は難色を示したのだが、結局水野がそばで監督するという条件で久美の希望を許した。

「そろそろ、会社にも馴れただろう?」

夜が遅く出張も多い水野は、こうして久美とゆっくり話をするチャンスはめったにない。

「ええ、どうにか」

ビールを呑むと、うすく口紅を刷いただけの久美のくちびるが、赤くなった。色っぽさがにじむ。もともと肉感的な娘なのだ。

「きょうはもう、まっすぐに帰っていいんでしょう?」

「うん。ちょうどいい日に来たよ」

「出がけに叔母さまと話をしているのを聞いたの」

「なるほど」

妻の三重に「きょうのお帰りは?」と問われ、「七時には帰れる」と答えたのである。

水野は時計を見た。

「電話して、予定よりすこし遅くなると言おうか?」

「ええ。でも、あたしといっしょだと言わないで」

「どうしてだい?」

「だってえ……」

そのとき水野は、早く帰れる水野を、自分が留めたことを三重に知られたくないからだと、一般的に解釈した。

そうではなかった。

やがて場所を移した水野の行きつけの居酒屋で、久美は、

「こんなこと、言っていいかどうか、ずいぶん迷ったんだけど」

そう前置きして、重大なことを水野に告げたのである。

水野が関西に出張したあくる日、久美はいつもの通り八時ちょっと過ぎに家を出た。

ところが会社に着いてすぐ、その日に必要な書類を部屋に忘れたことに気がついた。前の日に外まわりにしてもらって、そのまま持って帰ったものである。

さっそく上司にそれを告げて、家まで取りに帰った。

チャイムを鳴らしたが、三重は出て来ない。で、外出したのだろうと考え、バッグのなかの合鍵を使って家の中に入った。

まっすぐに二階の、自分にあてがわれている部屋に入り、机の上の書類を抱いた。

そのまま階下に降りる。階段を降りきったところが玄関である。急いでいるのですぐに靴を履こうとして、見馴れぬ男の靴があることに気がついた。

茶色の靴である。

水野は茶色の靴を持っていない。日曜日など、久美はよく水野の靴を磨く。

疑問が生じた。

で、なんとなく階下の部屋を覗く気になった。

小さな家である。階下に応接間と和室が一つずつあるだけだ。その和室が、居間兼水野と三重の寝室になっている。

ふとんが敷かれ、そのなかで三重が寝ていた。顔にかけぶとんをかけ、あたまだけが見えた。一人である。

「お姉さん」

と久美は呼んだ。まだ二十八歳の三重を、久美は面と向かってはそう呼んでいる。叔母さんでは失礼だという心遣いであろうか。

「ううーん」

ふとんが動き、三重の顔が見えた。首を曲げ、目をしばたかせて久美を見た。今まで眠っていた風情である。

「あら、久美さん」

「どうかしたんですか？」

「あなたが出かけてから、寒気がして、お薬を呑んで眠ったの。いつ帰ってきたの？」

「今、たいせつな忘れ物があったんです」

久美はふとんの横に座った。

「お医者さんを呼ばなくてだいじょうぶですか？」

「だいじょうぶよ。眠っていて、ちっとも気がつかなかったわ」

「お薬のせいよ。まだ、寒い？」

「ううん、もうだいじょうぶ。そろそろ起きなきゃ」

「無理しないほうがいいわ」

そのとき久美は、ふとんの端から茶色い布がはみ出ているのを見た。話をしながら、何気なく、それをつまんだ。

男用の靴下である。

とっさに玄関の茶色い靴を思い合わせた。あわてて、ふとんのなかに押し込んだ。三重は久美の動作に気がつかない。

「あたし、会社に電話して、休もうかしら」

「とんでもない。たいしたことはないの。眠ったから、もうだいじょうぶ」

それとなく、久美は部屋の中を見まわした。異常はない。窓にはカーテンが引かれているが、これは眠るんだから当然であろう。

靴と靴下がある以上、家の中に男がいることが考えられる。そして、三重はふとんのなかにいた。

(あたしが玄関から入った。あわてて、男は裏の戸から逃げたのか、それとも、押し入れの中か？)

しかし久美は、靴下を三重につきつけることも、玄関の靴のことを質問することも出来なかった。人に疑いをかける質問をするのには、相当の勇気がいるのである。

そのまま久美は家を出た。三重はふとんから外に出ないで、

「すまないけど、鍵をかけて行って」

と言った。

ふとんの下は全裸なのではないか。それで送って出ることが出来ないのではないか。そんな疑惑も生じたが、たしかめることは出来ない。

夕方、まっすぐに久美は帰った。茶色い靴はなかった。

「あれから、だんだん良くなったわ。ときどきこうして急に熱が出ることがあるの」

三重はもう起きていた。

きょうまで一月ばかり、久美は茶色い靴と靴下が気になり、三重に問うべきか水野に報告すべきかどうか、一人で悩んでいたのである。

ところがきのう、久美は上司に命じられてデパートに買い物に行った。その帰りにタクシーのなかで、背の高い男と歩いている三重の姿を目撃したのである。

前方の信号は青で、車の流れはよく、タクシーはスピードを出していた。男女は歩道を歩いていた。久美が気がついたのは、二人をタクシーが追い越しかけたときである。

似ている。そう思ってふり返った。顔を見たのは一瞬で、すぐに街路樹や他の通行人にさえぎられた。だから、はっきりとはわからない。ただ、背かっこうも顔も、まず三重にまちがいない。しかも、男は茶色の背広を着ていた。

(茶色ずくめの、茶色の好きな男なんだ)

社に向かう久美の胸の中で、男と歩いていた女が三重であったという確信は、しだいに強くなって行った。

そこで、社に着いてすぐ、電話をしてみた。電話にはだれも出ない。帰ってまもなく、それとなく、

「きょう、昼過ぎ、電話したのよ。お姉さん、どこかへいらっしゃった?」

と訊いた。

「ああ、昼過ぎね。デパートに行ったの」

三重はそう答えた。そして、どんな買い物をしたかについてしゃべりはじめた。久美にはそれが、弁解に聞こえた。

こうして久美が水野に一月前のことを話す気になったのも、きのう見かけた男女の女のほうが三重だと信じたからである。

何しろことは水野の妻の不貞に関している。久美は酒を口に運ばず、こわばった表情で、声をひそめて語った。

水野はうなずきながら、だまって聞いた。

「いろいろ考えたけど、やはり言ったほうがいいんじゃないか、と結論したんです。あたしの思い過ごしだったらいいんだけど」

久美は悪意でありもしないことをでっち上げるような子ではない。三重には世話になっているのだし、うまく行っている。あえて水野と三重との間に波風を立てる理由もない。本来なら

自分の胸に秘めて置きたいところであろう。

久美の話がおわって、水野はようやく口を開いた。

「わかった、よく言ってくれた。たしかに、茶色い靴はぼくは持っていない。三重が寝ていたのもへんだ」

男を引っ張り込んで寝ているところに、チャイムが鳴った。近所のだれかか勧誘員だと思った。で、留守だと思わせるためにほったらかしていた。ところが、久美はドアを開けて入ってきた。

その気配に急いで男や男の衣類を押し入れにかくし、自分は眠っていたふりをする。

あり得ることだ。

「どうなさる?」

久美は深刻な表情になった。

「ふーむ。どうしようか?」

「帰って問いつめるんなら、つらいけど、証言します」

「いや、それはまずい。それより、それとなく様子を見よう。きみも、何も気がつかなかったように、これまで通りに振る舞ってくれ」

二人いっしょに帰ってはまずいので、久美だけが先に帰った。

一人で盃を口に運びながら、

(さて、どうしたものか?)

ショックのなかで対策を思いめぐらす。ともあれ、真相を把握するのが先決である。へたに問いつめると、ごまかされた上に三重は用心深くなってその男と会うのを控えるにちがいない。玄関に靴があっただけでは有力な証拠にはならないのである。

その夜、水野は九時前に家に帰った。そう酔っていないので、風呂に入った。簡単な食事もした。

ふとんのなかに入って、三重のほうから求めてきた。

疑惑に領されている水野は、気が進まなかった。不貞を働いているかも知れない妻を抱くのには、ひとつの克己心が必要なのだ。

それでも三重の愛撫によって可能状態になり、二人はからだを重ねた。三重の態度や反応には陰翳《いんえい》はない。いつもと同じである。はじまってまもなく、水野も行為に没入した。三重は何回か声を上げた。久美が同居するようになってから、そのとき水野は三重の口を口でふさいでその声の高まるのを防ぐようにしている。それでも、その声は二階まで達している可能性があった。しかし夫婦だからそれすら遠慮する必要はない、というのが水野の考えであった。

久美ももうこどもではなく、刺激にはなるであろうが、こちらは夫婦なのでしかたがないことなのだ。

(あんな情報を得ながら、三重を抱く、久美は聞いているとすると、どう思っているのだろうか?)

ふと、そう思った。浮気をしているかも知れない妻を抱く男に、不信感乃至侮蔑感を抱くかも知れない。

あくる朝、水野は久美といっしょに家を出た。いつもは、水野のほうが十五分早い。水野はいつもの時刻であった。久美が、「あたしももう行くわ」と言ってついて出て来たのである。

駅まで、ゆっくり歩いて十分の距離だ。途中、久美は水野の腕を取った。

「叔父さん」

「なんだい?」

甘えたようなからかいの響きを含んだ声である。

このごろの若い娘は年上の男の腕を取るのに平気なのであろうが、水野はやや戸惑い気味である。

「あたしの言ったこと、嘘だと思っているんでしょう?」

「いいや、深刻に受けとめている。どう調べようか、考えているんだ」

「じゃ、それと夫婦の行事は別なの? 男の生理って、そうなの?」

やはり、昨夜の三重の声を聞いており、その意味がわかっているのだ。

「そうじゃないが」

水野は苦笑した。

「疑わしきは罰せず、だからね」

と、久美の腕に力がこもった。

「あたしだって女よ、今夜、ボーイハントしようかしら?」

「よせよ。冗談じゃない。そのうちに、いい男があらわれる。久美は魅力的だから、急ぐことはない」

「今の問題だって」

そのあと、声を低めた。

「切実よ」

からだをもてあましていることを告白することばである。しかし、水野には答えようがない。勉強や趣味でまぎらわせろなどというありふれた回答しか用意できない。まさか、みずから楽しめばいい、などとは言えない。

「あと二年もすると、きみだって亭主のことをのろけるような立場になるんだ」

「あたし、恋愛はへたなの」

「急ぐことはない」

同じことばを、水野はくり返した。


それとなく、水野は三重の挙動に注意していた。

しかし、怪しい点はみつからない。ふと思いついて会社から電話をかけると、かならずいた。

探偵社に頼むことを考えたが、それもなんとなくいやで、わだかまりはありながら、月日が経った。

やがて、ふたたび関西方面に二泊の出張に行くことがきまった。

家に帰って脱いだ上着を三重に渡しながら、

「あさってから、また出張だ」

と言うと、

「今度はどこ？」

三重の語調は普通であった。

「やはり、関西だ」

「今度はどのくらい？」

「二泊しなきゃいかん。三日目の夜には帰って来れるよ」

「このところ、出張が多いのね」

「宮仕えだからしかたがないよ」

「でも、今はもう久美さんがいるから、さびしくないわ」

出張の前夜に交歓するのは前からの習慣であった。たいていは、三重から求めて来る。水野に出張先で女を抱く気を起こさせまいとする意図が含まれている。

愛撫のなかで水野は質問した。

「おれがいない夜、欲しくなったらどうするんだい？」

「がまんするの」

「だれかを呼びたくなるんじゃないか？」

「まさか。そんな人、いないわ。それに、久美さんもいるじゃない？　それより、あなたのほうが心配、大阪に、いい子を作っているんじゃない？　出張をよろこんでいるみたいだもの」

あくる朝、東京駅に向かう水野と会社に出勤する久美は、いっしょに家を出た。二人を門の外まで出て送る三重の態度には、不審な点はなかった。

角を曲がってから、久美は言った。

「ほんとうに出張？」

「そうだよ」

「心配じゃない？」

「心配だが、しかたがない」

「あたしがさぐっていい？」

「また忘れ物をしたのか？」

「ううん。そういつも忘れ物はしないわ。それに、もう家では会わないわ」

「じゃ、きょうはあいつが出かける可能性があるのか」

「そう。だからあたし、どうしたら叔父さんのために働けるか、いろいろ考えたの」

「どうする？」

「友達に頼んで、電話させるわ。叔母さんが電話に出れば、一回はまちがい電話にする。二度目は、何かのセールスだというふうに言ってもらうわ。どっちにしても、夜はあたしがいるんだから、昼よ」

「昼なら、ぼくが出張しようと会社に行っていようと、同じじゃないか？」

「気分的にちがうでしょう？　都内にいるのと関西じゃ？」

「それはそうだ。しかし、外出したとしても、デパートかどこかへ行ったのかも知れない。証拠にはならんよ」

「それはそうだけど……」

亭主のいないときに用達《ようたし》をすませることは主婦にはよくあるものだ。

予定通り、水野は関西に二泊して、三日目の夜帰京した。東京駅に着いたのは九時で、まっすぐに家に帰った。

迎えに出たのは三重である。

「お食事は？」

「新幹線で食べた。風呂だけ入る。久美はまだかい？」

「二階にいるわ」

そこで三重は声をひそめた。

「あの子、おかしいの」

「ほう」

「昨夜、トラブルがあって、あたしに口も利かないのよ。こまったわ」

「どうしたんだい？」

「きのう、あたし、午後から西岡洋子《にしおかようこ》さんとデパートに行って、おしゃべりをして、五時過ぎに帰ったの」

「ふーむ」

「すると、あの子はもう帰っていて、あたしがだれか男と会っていたんだろうって」

「どうしてそんなに早く帰って来たんだい？」

「知らないわ。いったい、何を勘ちがいしているのかしら？　むきになって問いつめて来るの。デパートで買った品を見せても、そんなものは二十分もあれば買えるというし、久しぶりに友達に会っておしゃべりしていたと言っても信用しないの。あなた、洋子さんに電話するから、あなたも出てはっきりとたしかめて」

「まあいい、とにかく風呂だ」

風呂から上がっても、久美は降りて来なかった。で、水野が久美の部屋に行った。

久美は机に向かって頬杖をついていた。水野がノックして入って行っても、そのままである。

「どうしたんだい？」

声をかけると、ようやくふり向いた。

「ごめんなさい」

あたまを下げ、泣きそうな表情になった。

「何もあやまることはない」

近寄って、背に手をかけた。

「さ、階下に行ってメロンでも食べよう」

と、久美は立って部屋を歩き、襖を閉めてもどって来た。

「あたし、あさはかだったの」

「というと？」

「一時に電話したの。だれも出ないから、大急ぎで家に帰ったの。叔母さんは五時半に帰って来たわ。それでいきなり、だれかとデートしていたんでしょう？　そう言ってしまったの」

「ふーむ」

「この前のことがあるから、がまん出来なかったのよ。叔母さんは理路整然と弁解するし、あたしはそんな弁解は嘘だと思い込んでいるから、気まずくなっちゃった。あたし、アパートを借りるわ」

「この前のことも言ったのか？」

「ええ。言っちゃったの」

「茶色い靴は？」

「そんなの、あるはずがない、と言うの。でも、あたしははっきりと見て、へんに思ったから階下の部屋に入って叔母さんの寝ているのを見たんだから」

「茶色の靴下は？」

「それも、あたしの錯覚だって。あたし、精神異常者あつかいされたわ」

「茶色の背広の背の高い男は？」

「人ちがいだろうって。これは、あるいはそうかも知れない。だって、見たのは一瞬だけなんだもの。でも、靴と靴下はたしかよ。あのとき、押し入れを開けて見ればよかった」

「水かけ論というわけか」

「だから、叔父さんに悪くて。油断させていればよかったのに、ついカッとして言っちゃったの」

「とにかく、この家から出て行くのは許さないよ」

水野は、今にも泣きそうな顔の久美の肩に手をかけた。

「一応、三重にはあやまったがいい。向こうは証人がいるんだ」

「友達なんか、口裏を合わせるわ」

「それはそうだが、きみには確証はない。なあに、浮気していれば、そのうちにわかるさ」

「それに、あたし、つらいの。夜は睡眠薬を呑みたい」

「わかった。ぼくたちもいけなかった。これからは気をつけるよ」

結局、水野が根気よく誘っても久美は部屋から出なかった。

しかたがないので階下に降りて行くと、三重はメロンを切って待っていて、

「あの子、茶色の靴とか靴下とか言っていたでしょう？」

と言った。

「ああ、言っていた」

あぐらをかいて、水野はメロンを食べはじめた。

「妄想なのよ。悪気はないんでしょうけど、妄想を信じ込んじゃっているのね。たしかにこの前のあなたの出張のとき、あたしが急に熱を出して寝ていたらあの子が忘れ物を取りに帰ったことがあったけど、茶色の靴なんて、どうしてそんなものが見えたんでしょうね」

水野は首をひねる。

「ほかに、あの子のおかしな点には気がつかない？　急に東京に出て会社勤めをして、ノイローゼ気味なのかも知れない」

「あなたには言わなかったけど」

三重は声をひそめた。

「最初からあの子、すこしへんなの。言ってもいい？」

「言ってくれ、場合によっちゃ、医者に見せるなり田舎に帰すなりしなきゃならん」

「あなたのシャツを洗濯するため、洗濯機のなかに入れておくでしょう？　それがなくなったことがあるの。おかしいなと思ったら、あの子のおふとんの間にはさまっていたわ。お天気がいいので干して上げようと思って出して、発見したの」

「おれのシャツ？」

「そうよ。汗の匂いのするシャツ」

「まちがって持って行ったのかな？」

「そうじゃないのよ。あなたの匂いを嗅ぎたかったのよ」

「そんなバカな」

「ううん、考えられるわ。まだあるわ。あなたが会社に行って十五分後にあの子が出るでしょう？　十五分経っても降りて来ないことが何回もあったの。呼びに行くと部屋の中央にぼんやり座っていて、会社に行きたくないと言うの。きょうは田舎にいたときにつきあっていた男の子から電話がかかって来るはずだから、一日中いる。そう言ったこともあったわ。もちろん、妄想よ。電話なんか、かかって来なかったわ」

「それで、何回ももう休んだのか？」

「あたしがせき立てて、なだめすかして出社させたの。あたしを疑い出したのも、そのせいかも知れない」

「なるほど」

「いつか、服を作ってあなたに着て見せたでしょ？」

「ああ、あの白い服」

「あれ、いっぺんも着て外出しないのに、ハサミでずたずたにしちゃったわ。切るところを見て、ぞっとしちゃった。もったいないと言ったら、あなたのせいにしたわ」

「おれの？」

「ええ。あなたが似合わないと言ったんだって」

「言わないよ」

「あまり褒めなかったから、似合わないと思われたと解釈したのよ。そしていつのまにか、言われたように思い込んじゃったの」

「むつかしいなあ」

「それに、あの子の机の中、見た？」

「いや、見ない」

「男のヌードやポルノ写真がいっぱい入っているの。あたしはあの年ごろのとき、もっとロマンチックだったわ。ポルノ写真なんか、いやらしいだけだった。あの子、異常にそっちのほうに関心があるんじゃない？」

「あの子が、ほんもののポルノ写真を持っているのか」

「そうよ。行って見てごらんなさい。そのものズバリの写真。カラーやら白黒やら。いったいどこで手に入れるのかしら。それに、本もそうよ。すごい本ばかり読んでいるの。カバーのかかっている本はすべてそうよ」

「欲求を持っていることはわかるが、そのほかに異常な点は？」

「あなたが宴会で遅くなったとき、七時過ぎに息せき切って帰って来たことがあったわ。駅から男にあとをつけられて、追いかけられたんだって。あれだって、今から思えば妄想だったのよ。それに、あなたもわかるでしょう？　食事の量に差があり過ぎるわ。ほとんど食べなかったり、おどろくほど食べたり、あ、そうそう。この前いつだったか、庭にだれかが忍び込んでいると騒いだことがあったじゃない？」

「うん、あのときはだれもいなかった。犬だろうと言うことになったが」

「あれだって、幻覚じゃないかしら？　早く田舎に帰して、見合い結婚でもさせたら、きっと普通になるわ。要するに、欲求不満なのよ」

あくる朝、水野は十時に会社に行けばよいことになっていた。で、久美が先に出勤して行った。

そのあと、うしろめたさをおぼえながら、水野は久美の部屋に入った。

三重の言う通りであった。机の引き出しの底に、何枚ものエロ写真の入った封筒があったのだ。男性の性器だけを拡大した写真もある。

それ以外のものも発見した。

絵である。エンピツの線画だが、ノートに男女交合図や男性の興奮状態のヌードの絵が何枚も画かれている。どうやら久美が自分で画いたもののようである。

「まあ、こんなものを」

「なかなか上手だ」

「感心している場合じゃないわ。もう、あの子は欲望のかたまりで、そのためにどうにかなっているのよ」

「早く相手をみつけてやらんといかんな」

「これだから、ありもしないことを妄想するのよ。あたしがあなたの留守中に男を入れて寝ていただなんて」

久美の画いたヌードの男のからだはたくましい。その点は水野とちがっていたが、顔は水野に似ている。水野はそう思ったが、三重にはだまっておいた。

「おい、こんなのをみつけたことはだまっていろよ。なんと言っても、若い娘だ。知られたと知ったら、はずかしくていたたまれなくなるだろう」

「わかっているわ」


久美は出て行かなかった。出て行こうとしても、水野が許さない。ところがその前に、久美は出て行くとは二度と言わなかった。

やはり、三重とはしっくり行っていない。日常の会話はしているが、まったくの他人行儀であった。三重も、あえて久美のきげんはとらないで、そっとしているようだ。

夫婦の営みのとき、二階の久美を刺激しないため、水野はいざというときは三重にタオルを嚙ませることにした。

すると三重ははげしく首を振って咽喉の奥から声をしぼり出すが、そう大きな声にはならなかった。

あの日以来、久美は水野と同じ電車に乗って出勤するようになった。三重と二人だけでいるのが気づまりなのだろう。

電車の中で別れるとき、

「今夜は遅くなるの？」

三重と同じ質問をする。

「いや、まっすぐに帰る」

　水野がそう答えたときは、久美は早く帰って来る。

「ちょっと会があって、そっちにまわるから遅くなるだろう」

　そう答えたときは、もちろん若い娘だから水野より早く帰ってはいるが、どこかで食事をして来ているようであった。

　ある朝、やはり駅に向かいながら、久美が言った。

「叔父さん、このごろ叔母さまを可愛がっているの？」

「どうしてだい？」

「ずっと、何も聞こえないもの」

「心配しなくてもいい」

「どっちか、言って」

「ちょっと体調が悪くてねえ、自制しているんだ」

「どっちの体調？」

「ぼくだよ。たいしたことはないが、人生は長いからね、節制しなきゃ」

「それで叔母さま、ごきげんがよくないのね」

　水野は苦笑する。きげんが悪いのではない。敬遠しているのだ。

「ぼくらのことより、久美もそろそろ恋人を作れよ」

「叔父さんのような人がいたら、向こうがいやでも積極的になるんだけどなあ」

久美と三重との暗黙の確執に、水野は女の争いを感じていた。久美は、水野にとっては姪である。久美の恋や欲情の対象にはなり得ないはずだ。しかし、そうは言っても、微妙な何かが久美の内部に生じているようであった。

それも、恋を得るまでのちょっとした心理だろう、と思っている。そのうちに消えてなくなるはずであった。だから、とくにその点では久美を異常とは思わないし、危険も感じてはいなかった。

その危険な状態が、ある夜ふいに現出したのだ。三重の伯母が心臓発作で倒れ、急ぎ三重は実家に行った。そのあと会社にいる水野に向こうから電話がかかって来て、今夜は泊まるとのことである。

その夜は水野にはとくに予定はなく、五時に会社を出てまっすぐに家に帰った。すでに久美も帰っていて、台所に立っていた。

食事のときにビールを二本ほど二人で呑み、そのあと水野は風呂に入った。

湯につかっていると、

「叔父さん、背中を流すわ」

という声がかかり、いきなりガラス戸が開けられたのである。全裸の久美が立っており、充血した目で水野をみつめた。豊満な二つの乳房と黒い茂みを、水野はまともに見た。

そのまま、久美は入って来た。

あっけにとられていた水野も、

(ここでたじろいではならない)

(叱りつければ、恥をかかすことになる)

ということがあたまにひらめくとともに、水野自身にとっても思いがけない楽しい状況が降って湧いたことでもあり、

(ここはまあ、自然にまかせて悠然と振る舞うがよい。叔父と姪がいっしょに風呂に入るのはあながちまちがったことではない。東北にはまだ混浴の習慣があるんだ)

そう結論した。

しゃがんでからだに湯をかける久美に、

「いいからだをしているね」

と褒めたのも、おとなとしての余裕を示すためである。

久美はからだをさっと洗ったあと、

「入っていい？」

と言った。

「ああ、いいよ」

水野は場所を空ける。

久美が入ると、湯はあふれた。狭い浴槽である。二人のからだは密着した。水野は久美の肩を抱く。弾力ある肉体である。湯の中で乳房が揺れている。久美は上体を傾けてきた。

「おこらないの？」

「おこる理由なんかないよ。よろこんでいるんだ。しかし、お母さんやおやじさんが知ったらぼくを非難するだろうな」

「秘密にすれば、だれにもわからないわ」

そのあと湯から出て、久美の申し出通りに水野は背中を流してもらった。水野もまた、久美の肉付きのよい背を洗った。内心のおどろきと胸のときめきを秘めて、水野はゆったりとした態度を保持しつづけ、やがて先に浴室から出た。

(やはり、この子は田舎に帰すか、近くのアパートに越してもらうかしなければならない。遠くのアパートではいけない。ときどき、監督に行ける距離のほうがよい)

湯上がりの牛乳を呑みながら、そう考えた。このままでは、久美はさらに水野に迫って来そうである。成熟したからだをもてあましているのだ。生理的に、男が必要な女になっているのである。目を他の男に向けさせねばならない。その男と最後の線を越えても、しかたがない。相手が性質の良くない男でなければよしとしなければならないだろう。

十分ほどして風呂から出て来た久美は、ネグリジェ姿で、

「今夜、この部屋に寝かせて」

と言った。

「ああ、いいよ。しかし、ぼくはすぐに眠ってしまうぞ」

「それでもいいの。おふとん、持って来るわ」

「うむ」

二人はふとんを並べて寝た。あるいは久美は水野のふとんに入って来るのではないかと、水野はおそれた。それを期待する分子もあった。しかしさすがに、久美はおとなしく自分のふとんのなかにいた。ただ、しきりにはしゃいだ様子で話しかけてきた。それに相槌を打っているうちに水野は眠った。

一カ月後、久美は駅の反対側のアパートに越して行った。三重との仲がどうしてもしっくりしなかったせいでもあるが、それとなく水野も久美が出て行くようにし向けたのである。三重の希望でもある。

水野としては久美がじゃまになったからではなく、何カ月かでも自分から離れさせて生活させたほうがいい、と思ったのだ。

「週に一度は様子を見に来て。そうしてくれなきゃ、あたし、どうなるかわからないわよ」

久美はそんな脅迫じみたことを言った。それに対して水野は、

「かならず、行く。会社の帰りに寄るし、日曜日も散歩がてら遊びに行く」

と約束した。

久美が越して行った夜、久ぶりに水野は嫋々《じょうじょう》とした三重の声を味わった。

「あなたやあなたの姉さんには悪いけど、これでほっとしたわ。妄想と現実を混同してしゃべられたら、たまったものじゃないもの」

三重はそう言った。

「一人になって夜も自由になった。あのくらいの器量の子だから、すぐに男が出来るさ。そう

すれば、ノイローゼも吹っ飛ぶだろう。ときどき様子を見に行って、男とつきあいはじめたら相手にも会って、道をまちがわないようにコントロールすればいい」

近頃の成熟した女にいつまでもストイックな生活をしろと規制するのが無理なのだ、とこのごろの水野は思うようになっていた。

その水野は、久美の言う茶色い靴や茶色い靴下はやはり久美の妄想であった、と解釈していた。

久美が三重になかば追い出されるかたちで出て行ってから半月ばかり経って、また水野は関西に出張を命じられた。

「三回目だが、今度の企画ではこれで最後の総仕上げになる。今度は一泊ですむ」

水野は三重にそう言った。それに対して三重は、

「もういい加減にしてもらいたいわ。毎月じゃないの」

と不満を訴えたが、もちろんサラリーマンの妻としてそれ以上のことは言えない。

水野は朝早く大阪に発った。

用は思ったより早くすんだ。東京行きの「ひかり」の最終に間に合う。日帰りすれば、ホテル代も浮く。で、水野は新大阪《しんおおさか》駅に急行し、発車間際の列車に乗った。

家の前に立ったのは、十二時すこし前であった。水野はチャイムを鳴らした。

何回目かで、ようやく家の中から三重の声が聞こえてきた。

「どなた?」

「おれだよ。最終に間に合ったんだ」

「まあ、あなた。ちょっと待って」

　ドアはすぐには開けられなかった。三重の声もうろたえていた。水野の脳裏に「茶色い靴」が浮かぶ。東京駅から電話しなかったのも無理して最終で帰ったのも、水野の心理の隅にひそかに帰ってみようという気があったからでもある。それを、鋭く意識した。

　水野は裏にまわった。

　ちょうど台所の戸が開けられて何やら荷物を抱えた男が忍び出て来るところであった。男はシャツ一枚で、下半身は裸であった。

　水野はその男に体当たりを食らわせた。

「あなた、どこにいるの？」

　玄関のほうでは、三重が水野を呼んでいる。下着姿の男はガスボンベにぶつかって引っくり返った。そのあたまを水野は蹴りつづけた。

　男の手から何かが飛んだ。靴である。水野は男が動かなくなったのを見届けたあと、ライターでその靴をたしかめて見た。

　茶色い靴であった。男が靴とともに持っていたのは背広やズボンで、それも茶色であった。

　物音で、ネグリジェ姿の三重が姿をあらわした。

　肩で息をしながら水野は、

「久美の妄想ではなかった」

と言った。当然、離婚である。ここの家にこれから久美と暮らすことになるだろう。水野はすでにそんなことまで考えていた。三重は倒れている男に抱きつかず、その場にくずおれてしまった。

未遂の理由

今の世にはめずらしく純情な男である。一年に入学したときに一目惚れして以来、三年の間、ただひたすらに恋い慕い、朝な夕なにその女の面影を胸に宿して生きてきた。

片思いである。

いまだに、相手に自分の恋を告げてはいない。

交際の狭い男だから、クラスのだれもその胸のうちに気がついていない。知っているのは、科のちがう大内《おおうち》だけであった。高校時代からの友人である大内にだけは言っていた。

したがって大内は高原《たかはら》をからかう。

「おい高原。きょう、山崎葉子《やまざきようこ》は政経のやつと仲良さそうに腕を組んで歩いておったぞ」

高原の顔に動揺が走る。

「どんな相手だ?」

大内は適当に高原をからかっておいて、

「嘘だよ」

と告げる。高原はからかわれたことを怒るよりも、そんな事実がなかったことをうれしがるのである。根っから善良な男なのである。

「じっさい」

大内はため息をついて、

「おまえを見ていると、山崎葉子がほんとうに恋人を作ったほうがいい、とおれは思うよ。そうすれば、おまえは今のその恋の病気から解放されるだろう」

しかしどういうわけか、山崎葉子はこの三年間、恋人を作ろうとはけっしてしなかったのである。

多くの女子学生は、まず春のSK野球戦の夜に初体験する、と言われている。入試のむつかしい大学だから、ほとんどの子は処女で入学して来ているからだ。

春にそのチャンスを得なかった子は、秋のSK戦。それが三年の春までに五回あり、それ以外のチャンスもある。

にもかかわらず葉子は、なおかつ親密な男を作らず、まるで品行方正な高校生のような毎日を送っているのだ。だれも、葉子の浮いた話を耳にした者はいなかった。

男の学生で葉子の住む部屋に招かれた者はいない。これは他の女子学生も認めていて、いかがわしい遊びを企んだときなどは、自然に葉子はメンバーからはずされてきた。

何回も大内は高原に、

「どうだ？　おまえにその勇気がないんなら、おれが代わって交渉してやろうか」

と申し出た。めめしく悩んでいるのを見かねての友情による。

ところが高原は、

「とんでもない」

そのたびに、あわてて首を振り、

「きまっているんだ。彼女がおれなんかをふり向くわけがない。そんなことをしたら、今の友達としての立場も失ってしまう。頼むからおせっかいはやめてくれ」

手を合わせて拝む始末であった。

大内としても、

（こんなやつ、たしかに山崎葉子は歯牙《しが》にもかけないだろう。しかも、葉子がまた現代離れした男嫌いときている）

内心そう思って申し出ているのだ。本心は当たって砕けさせてあきらめさせようとすることにあるので、しいて勧めない。

こうして二年間と三年目の半分近くが経ってしまい、今以って高原は葉子への片思いをつづけていた。

現代離れした美しい話だと解釈するのもいいが、じっさいは片思いというやつ、じめじめしていてちっともきれいではない。まして本心としては、やるせない日々の連続なのだから、つらい。

（なんとかしなければならぬ）

友人の大内に言われるまでもなく、つねに高原はそう考えている。

（このままではおれはだめになってしまう。それではいけない。どうせかなわぬ恋だから、あきらめるのが賢明なんだ）

（どうすればあきらめられるか？）

普通の場合男は、恋をしたならば、いかにしてそれを成就《じょうじゅ》させるか、を考える。

高原の場合は逆である。

最初から敗北を予想しているので、あきらめるための突破口をさがす心理になってしまう。

ことほどさように、自信がないのである。容姿も頭脳も平均より上なのになぜそんな気になるのかわからないが、これが人の性分《しょうぶん》というものであろう。

さて、いろいろとあきらめる方法について思いめぐらせていた高原は、そのうちに世にも奇怪至極な手段を発見した。

山寺にこもるのも葉子の前で失禁するのも、さしたる効果があるとは考えられない。他の女と恋を語ることは出来そうもない。春を売る女を抱いても葉子の幻は消えない。

むかしのある男は恋しい女の糞を見て思いを断つジャンプ台にしようとした。

それもたしかにユニークな着想だが、動物はすべて糞をするという自然科学の知識を身につけている現代人にとっては、やはりあまり期待できない。

そこで高原が考えたのは、最初から失敗する目的で葉子を強姦しようとする行動を起こすことであった。

強姦の企画ではなく、強姦未遂の企みである。

当然、葉子は高原の理不尽な暴力から逃れ、決定的に高原を嫌悪し憎悪する。もはやそれはとりかえしのつかない状態であり、高原はきびしい刑罰を受ける。たとえ葉子が警察に届けなくても、もう二度と高原とは口を利かないだろう。

可能性がないところに現実的な願望は生じない。みずから、一切の可能性を断つにはそれがもっとも有効な手段だ。そう考えた。

と、急に高原の目は光を帯び、宙の一点をみつめ、

「よし、やってみようか。死ぬ気になったら出来ないことはない。やろう」

自分にそうつぶやいた。死ぬことがもっとも手っ取り早いが、死ぬよりは賢明で容易だと判断したのである。

それからの数十日は、高原はその考えにとりつかれ、どうすればそれを実行できるかを検討する毎日を過ごした。

もちろん、大内に相談すべき問題ではない。だれにも相談できない。自分一人で企画し自分一人で実行しなければならない。

そのために、あるいは一生を棒に振ることになるかも知れない。

(後悔しないか?)

(しない。葉子さんのためなら、一生を棒に振ってもおれはしあわせだ)

(すくなくとも、たとえ一瞬かも知れないが、行為の段階で、おれは葉子さんに触れることが出来るのだ。それだけでも本望だ)

その日、高原は大学を休んだ。

午後散髪に行き、風呂に入った。下着をすべて着がえた。下着姿になるまで進むかも知れない。そのとき葉子に汚れた下着を見られたくなかったのだ。

嫌われるためだから、汚れた下着のほうがよいではないか、と首をかしげる向きもあるかも知れない。

しかし、異常な企画にとりつかれている高原は、その矛盾に気がつかなかった。

下宿を出た高原は駅に向かった。

電車に乗り、葉子のアパートの近くの駅で降りた。

六時である。

葉子は遊びまわるような女子学生ではない。もう大学からは帰っているはずだ。

高原は駅の近くの飲食店街に入り、手頃な飲み屋をみつけてそのなかに入った。

ウイスキーをストレートで三杯ほど呑んだ。店のおやじが、

「うちの自慢のサービス品です」

と言ってニンニク入りの焼き肉を勧めてくれたが断った。ニンニクも焼き肉も好きなのだがやはりニンニクの匂いを葉子が嫌うだろうことも考えたのである。

その店を出たとき、ちょっとだけ酔った気分であった。しかし、足取りはしっかりしているし、頭脳も意識的に働いていた。

ひそかに下見した知識にしたがって、まっすぐに葉子の住むアパートへと歩いた。

七時ちょっと過ぎ、アパートに着いた。

「白菊荘《しらぎくそう》」

かなり大きな表札が出ている。家主はそういう素養があるのか、一筆で書いたものだ。

(葉子にふさわしいアパート名だ)

下見したときと同じようにそう思った。

葉子の部屋は二階だ。

靴を脱いで、そのまますぐそばの階段を上がって行く。

十二号室。

葉子の名札がかかっている。

ドアの向こうには電灯が点っている。

(いる!)

胸がときめいた。

闘志と絶望感とを同時に味わった。

(いよいよ、行動しなければならぬ)

(これで、おれはこの世で葉子さんにとってもっとも忌むべき卑劣人間になるのだ)

(今なら、引き返せるぞ)

(いや、もうここまで来た以上、進むだけだ。今夜はいつものおれとちがうんだ。決断と実行の夜なんだ)

どこかの首相の言いそうなことを、悲壮な心理のなかでつぶやいた。

手を上げ、ノックした。

「はあい」

部屋の中の向こうから返事があった。葉子の声である。

「どなた？」

今度は声は近い。

「クラスの高原です」

「あら、高原さん」

ドアは開かれ、ゆかた姿の葉子があらわれた。

和服姿の葉子を見るのははじめてである。瞬間、たじろいだ。葉子の顔が別人に見えた。あごを引いてみつめる。やはり葉子だ。

（キモノ姿はまた一段と美しい）

おとなびた感じである。

「いらっしゃい」

高原の企みに気がつかない葉子は、にこやかな顔になった。

「どうしたの？」

「ちょっと、この近くまで来たんです」

「よく、ここがわかったわねえ」

「調べたんです」

「まあ、とにかく、どうぞ」

あるいは部屋に入れてもらえないかも知れない。そのときは強引に押して入るつもりであった。

意外にあっさりと葉子は入れてくれた。

「失礼します」

高原はおとなしくあたまを下げた。決起するまでは紳士的にふるまわねばならぬ、と自分に言いふくめているのだ。

「どうぞ、どうぞ。今ちょうどお食事がすんでほっとしていたところなの」

六畳の部屋である。とくにこれという飾りつけもなく、質素だ。いかにも葉子らしい清潔さがにじんでいる。

部屋の中央に小さな食卓があり、急須と湯呑みが置かれていた。

「さあ、どうぞ」

葉子は高原に座ぶとんを勧めた。

「すみません」

高原はその上にかしこまる。つまり、正座したのである。

「あら、くつろいで、らくな姿勢になって」

「はあ」

言われるままにあぐらをかく。

葉子は向かい合って中腰になった。きちんと両膝を揃えている。

「お酒、呑んでいるの？」

「うん、ちょっと」

「まだ呑みたい？」

「いや、もういいんです」

長びいては気がくじける。とくに、酒などをご馳走になったらなおさらだ。

「じゃ、お茶をいれます」

葉子は立った。

高原はおのれをはげました。

ほとんど同時に立ち、台所へ行こうとする葉子に突進した。

「葉子さん」

「どうなさったの？」

葉子の目は大きくみひらかれた。その目いっぱいにおどろきがひろがっている。恐怖も不安もない。

（この人はおれを信頼している。だから、部屋に入れた。今なら、まだ引き返せる）

ちらっとそう思った。

反射的に、

（くじけちゃだめだ。さあ、進め）。

自分を叱る声もとどろいた。

夢中で、高原は右腕を伸ばして葉子の左腕をつかんだ。

(細い腕だ。力をこめれば折れそうだ。折ってはならない。けっしてこの人にケガをさせてはならない)

「お茶は嫌い?」

それでも葉子は落ち着いている。目も澄んだままだ。

「そうじゃないっ」

高原ははげしく首を振った。

「ぼくはね、今夜は覚悟して来たんだ」

「………?」

つかまれた腕をふりほどこうともせず、葉子は首をかしげた。

「きみを」

高原の声はかすれた。胸が破れそうなほど大きく早く打ちはじめた。

「暴力で犯しにきたんだ」

「まさか」

葉子は笑った。

「そんな冗談、高原さんに似合わないわ。さあ、座って」

「冗談ではないっ」

高原はわめいた。

「本気なんだ。よし、証拠を見せてやる」

つかんだ手を放し、両手をひろげて抱きついた。

葉子はもがいた。

「ちょっと、いたずらが過ぎるわ。もうやめて」

「いたずらじゃない」

力いっぱい抱きしめた。

葉子もそれに応じてもがく。

「よして。さ、放して。いやよ、こんな冗談は」

「冗談ではない。本気なんだ。ぼくはきみを犯すんだ」

争いになった。高原の攻撃が本格化するにつれ、葉子の抵抗もきびしくなった。

「だめだったら、人を呼ぶわ。あなた、酔い過ぎているのね」

非難しはじめた葉子の声には、しかしまだ余裕があった。それは、やはり一流大学の学生である高原の良識を信頼しているからだし、また高原がただやたらに抱きすくめるだけで淫《みだ》らな所業に及ぼうとしていないからでもある。

「声を出してみろ」

高原は心にもない凄みを利かした。

「殺してやる」

「何を言うの？　さ、もうよして」

「よすものか」

　ようやく高原は葉子を畳の上に倒そうとしはじめた。足をかけたりからだをねじったりするのである。

「あなた、本気なの？」

「本気だと言っている」

　葉子の声に震えが生じた。高原はここぞと攻め、二人はかさなったまま畳の上に倒れた。起きようとする葉子に体重をかけて高原はおおいかぶさった。

「待って」

　もがきながら、葉子は悲痛な声で訴えた。

「ちょっと待って」

「待ったらどうする？」

「とにかく待って」

　もう、まともに葉子の顔を見ることの出来ない高原は、ここで攻撃をゆるめることは出来なかった。

「いや、待てない」

　葉子のふところに手をさし入れる。ゆかたの下はうすい肌着を着ているだけで、葉子はブラジャーをしていなかった。

意外なほどあっけなく、高原の手は葉子の乳房をじかに握った。

「ああ、よして」

葉子は泣きそうな声で訴え、高原は日ごろあこがれている葉子の乳房を感覚できたことであたまが朦朧《もうろう》となった。

（おお、なんというみずみずしい乳房だ。もう思い残すことはない）

胸のなかで自分にそう叫んだのだが、そのくせ一方では勃起と欲望があたまをもたげてきた。からだの一部が急速に熱くなったのである。

高原は夢中で乳房をもみ、

「ああ、葉子さん」

うわごとを言った。

「よして、破廉恥な」

葉子はもがき、両手で高原の腕をつかんで乳房からはずそうとする。そうはさせまいと高原は力み、乳房をめぐってけんめいの争いが展開された。

その間、高原は、

「葉子さん、好きなんだ。ずっと前から好きだったんだ。三年間、ひそかにきみを愛してきたんだ」

などという口説きをくり返した。

葉子を軟化させるためではない。もうこうなった以上、これまで胸に秘めたものをすべてさらけ出してもよい。そんなやけっぱちの心境になったのである。

「だったら」

あえぎながら葉子は反論した。

「お話をしましょう。ね、こんな乱暴はよしてちょうだい」

「いや、よさない。もう、話なんかはどうでもいいんだ」

葉子の手を排除しながら、高原は第二の試みに入った。

頰に接吻したのだ。それは簡単であった。葉子がいかに顔を背《そむ》けても、顔全体をおおいかくすことは出来ないからである。

つづいて高原はくちびるを吸おうと焦った。

(舌を嚙み切られるおそれがある)

(それでもよい。この人に嚙み切られたら本望だ)

けれども、くちびるへの接吻は容易なことではなかった。葉子が右へ左へ逃げ、乳房を守るのもあきらめた手で高原の顔を押しのけはじめたからである。

それでも高原は、瞬間的ながら何回か、そのくちびるにくちびるを合わせることが出来た。

「ほんとうに」

何回目かの高原のくちびるをはずした葉子は、きれぎれに叫んだ。

「だれか呼ぶわよ。あなた、警察につかまっていいの？」

「ああ」

高原はもう度胸を決めていた。ここまで来た以上、もう罪はまぬがれない。大学も中退しなければならないだろう。警察につかまるぐらい平気だ。

「呼んでくれ。警察だってだれだって呼んでくれ」

と、ふいに葉子は抵抗を止め、顔をまっすぐにして高原をみつめた。

「じゃ、ほんとうに本気なのね」

「うん」

高原は葉子をみつめ返し、

(ああ、いつもよりはるかに美しい目をしている。もうおれはこの人と永遠に別れなきゃならんのだ)

そう思いながらうなずいた。

「本気なんだ。だから」

狂暴な心理が襲った。

「こうするんだ」

乳房をもんでいた手を抜き、今度はゆかたの裾を割った。

意外に葉子は抵抗せず、じっと高原をみつめたままであった。

高原は葉子のその様子に無気味さを感じながらも、

(どうせ、おれはこれで何もかも失ってしまったんだ。徹底的に卑劣なまねをしたほうがいいんだ)

自分をはげまして乱暴に手を進めた。腿は汗ばんでいた。引きしまった肌である。

その腿を撫で、上へと移行する。

（さあ、声を出して暴れろ）

パンティに触れた。

いきなりゴムの下に手をくぐらせたほうが暴漢にふさわしいと思ったが、さすがにそれは出来ず、ふっくらとした恥丘にてのひらをあてがって押して行った。

あたたかさが伝わって来る。

撫でると恥毛が感じられた。

それでも葉子はじっとしている。目も大きく開けたままだ。

手の動きを停めて高原は言った。

「さあ、声を出して叫べばいい。ぼくを警官に渡せばいい」

「それより」

妙に落ち着いた声で葉子は言った。

「なぜこういうことをするのか、言って」

もちろん、回答は簡単である。正直に答えるだけでよい。

「きみを好きだからだ」

「嘘よ」

葉子は冷静だった。

「好きだったら、こんなまねはしないと思うわ」

「もういいんだ」

もどかしくなった高原は葉子の抵抗を誘うために、ゴムの下に手をくぐらせた。そうするぞと手の動きであらかじめ知らせて置いてからじっさいの行動に移ったのに、葉子は拒まなかった。

難なく高原の手は、葉子の秘境に触れた。

小ぢんまりとしたくさむらである。草の丈も短く、やわらかであった。

上からそっと押さえる。

(ああ、とうとうここまで。もうおれはどうなってもいい。とにかく、こうしてついに触れることが出来たんだ)

高原は目をつむった。

沈んだ声で葉子が言った。

「あなたがこんなことをするとは思わなかったわ」

「もういいんだ」

高原は同じことばをくり返した。

「もうあきらめた。きみがぼくを好きになってくれることはぜったいにないからな」

「だったら、もうやめて」

「いや、やめない」

高原は指を動かしはじめた。

葉子は両腿をきっちりと閉じているので、進むのはむつかしい。

それでも、こじ入れるようにして高原はすこしずつ進み、草原から谷間へと移行した。

「そんなことをして」

と葉子は言った。

「どうなると言うの？」

「きみを犯すんだ」

「からだを犯したって、どうにもなりはしないわ。あなたは退学よ。一生を狂わせてしまうだけよ」

「それでもいい」

「ナンセンスなのに、かあいそうな人」

しかし、それでも葉子は抵抗しない。ことばで非難しながら、さっきから完全に抵抗をやめてしまっている。

かといって高原を許しているのではない。からだ全体をかたくして高原の進むのを消極的にさえぎろうとしている。

いざとなったら猛然と抵抗するのはあきらかであった。

それを予期しながらすこしずつ進んだ高原の指は、やがて葉子がいちじるしく潤んでいるのを発見した。

思いがけないことである。

(すくなくともこの人のからだのなかには、おれの欲望を迎えたがっている分子もひそんでいる)

たとえそうであっても葉子が抵抗するのはたしかだが、その発見だけでも高原にはうれしかった。

「きみはぼくをあわれまなくていい。嫌ってくれるだけでいいんだ。今までのように無視されるよりずっといい」

「無視なんかしていなかったわ」

「いや、無視した。ぼくなんか無視されて当然なんだ」

高原は小さな花の芽をさぐりあてた。わずかにとがっている。

自然に、それを撫でる動きになる。

「ああ」

葉子は身をよじって避けようとしながら、

「大内さんの言ったことは、やはり嘘だったのね」

と言った。

高原はおどろいて手の動きを中止した。

「大内がなんと言った?」

「あの人はあたしをかついだのよ」

「どう言った？」

「あなたのこと。あなたがあたしを真剣に好きになっているって」

「あいつがそう言った？」

「ええ、大内さんの口ぶりがいかにもまじめだから、ひょっとしたらそうかも知れないと思ったけど、嘘ね」

「嘘じゃない」

「いいえ。嘘よ、あの人の言った通りだとこんなかたちであたしを侮辱するはずはないもの」

「ほんとうなんだ。しかしぼくはあいつに、きみには何も言っちゃいけないと言って置いたはずだ」

「ええ、そうよ。大内さんもあたしにそう言ったわ。ぼくがこうしてきみにこんなことを言ったことは、高原はまったく知らない。そのつもりでいてくれって。でも、そんなことはどうでもいいの。あなたはあたしにこういうことをする関心があっただけよ。あたしを軽蔑しているからこんなことが出来るのよ」

「ちがう」

　高原は葉子の秘境から手を引いた。

「これにはわけがあるんだ。そんなふうに思われちゃやり切れない。大内の言ったことはほんとうなんだ。もうぼくは、ひとりできみのことを思っている自分にやり切れなくなったんだ」

　急に高原は雄弁になり、もの凄い勢いで自分の心中を訴えはじめた。

その間に葉子は高原から逃れ、乱れた裾を整え、はだけられた襟を合わせ、すこし離れた場所に座ってしまった。

高原は葉子が離れたのに気がついたが、自分のおしゃべりに熱中しており、引きもどそうとはしなかった。欲望はあふれていたが、どうせ最後まで遂行する気はない。それよりも葉子の誤解を解くのが重要だったのだ。

「だから、そんなふうに思ってもらってはこまる。ぼくはきみを完全にあきらめる状態に自身を置きたいんだ」

「じゃ」

葉子は正面から高原を見た。

「あたしを犯すつもりはないというわけね」

「そうだ」

「それを言ってしまった以上、もうあたしはあなたをこわがらなくていいわけでしょう?」

「………」

しまった、と思ったが、もう遅い。

「そうだ」

「わかったわ。あなたは、つまりあたしが警察を呼ぶことを期待していたというわけね?」

「そうなんだ」

「信じられないわ。なんだか観念の遊びみたい」

「ぼくにとっては真剣そのものなんだ」

「じゃ、今、呼びましょうか？」

「ああ、呼んでくれ」

ゆっくりと葉子は首を振った。

「いやよ」

「なぜ？」

「あたし自身恥をかくことになるし、警察に行ってあれこれくわしく調書を取られるのはいやよ。それに、あなたのこんな話を聞いた以上、それも言わなきゃいけないわ。警察じゃ、遊び好きの学生のいたずらだと考えて、あたしに対しても反感を抱くわ」

「じゃ、どうする？」

高原は葉子につめ寄った。

「ぼくは帰らんぞ、あくまでもきみを狙う」

「でも、結局はあたしを犯さないんでしょう？」

「………」

「そんなら平気よ」

葉子は立った。

高原は葉子の前に立ちはだかった。

「逃がさんぞ」

「まだお芝居をするの？」

「する」

「やめましょう。汗をかくだけだわ。でも、高原さんて、おもしろい人ね。人に言っても信用しないでしょうけど」

「そんなことはどうだっていい」

高原は葉子に抱きついた。

「人を呼ばなかったら、ほんとうに最後まで暴力を振るうんだ」

葉子は抵抗せず、高原に抱きすくめられながら、

「お芝居なんていやよ」

と言った。

「もうこうなったらお芝居じゃない。ぼくはきみを欲しくなったんだ」

「どうして、あたしがあなたを好きになる可能性がないと思い込んだの？」

「事実なんだ」

「ちがうわ。それはこれからよ。大内さんからああ言われてから、ときどき考えているんだもの」

「あのおせっかいめ」

「あの人はあなたにとってはいいお友達だわ。あなたのことを気にかけていることがよくわかるもの」

「もう、そんなことはどうでもいい」

またも高原は葉子を畳の上に押し倒そうとしはじめた。

やはり葉子は抵抗したが、さっきほど粘り腰がなく、わりに他愛なく畳の上に横たわった。

さっきと同じように高原はその乳房をじかに握り、くちびるを吸いつけた。

それも、葉子はそう抵抗なく許した。

そこで高原の手は、ふたたび秘境に伸びた。今度はすぐにそのパンティを脱がしにかかった。

もう最初の目的は遠くへ霞み、はげしい欲望がみなぎっている。

(ひょっとしたら、わりと簡単に許してくれるかも知れないぞ)

そんな期待が湧いてきたのである。

「待って」

と葉子は言った。

「自分で脱ぐわ」

高原の胸はひときわ高くとどろいた。こうなったら、半分合意である。

高原は手を引いた。

「向こうを向いてて」

言われるままにうしろ向きになる。何かで後頭部をなぐられれば、おしまいだ。しかし、葉子になぐられるのだから、それも悪くはない。

葉子の声がきこえてきた。

「あなたの望み通りになってあげる」

高原はふり向いた。脱いだのかまだなのか、葉子は正座していた。

「そのかわり、今あたしをなぐさみものにしたら、もうあなたとは絶交よ」

「わかっている」

「このまま帰ってくれたら、これから長くおつきあいしましょう。あたしもあなたのなかにあたしに合う点をみつけるように努力するわ」

「………」

「さ、どっちかにして。あたし、自分の言った通りに実行するわ。肉体関係ができたからといって、ずるずると引きずられてしまう女ではない。その自信はあるの。どっちにするか、あなたの選択に委《まか》せるわ」

ゆっくりその上体が後方へ倒れ、両脚をそろえて行儀よく横になった。

そのまま、目をつむった。

しわがれた声で高原は質問した。

「このまま帰ったら、ほんとうにつきあってくれるのかい?」

目をつむったまま、葉子はうなずいた。

「約束するわ」

もうそのからだは動かない。

端正な顔はやや紅潮し、胸の双《ふた》つの隆起はかすかに上気している。

高原の心に迷いが生じた。

それは思いがけなく、恋心と欲望との争いであった。

（あしたのことはどうでもいい。今、この人はおれにすべてを許すと言っている）

（このチャンスを逃がす手はない）

（いや、そうじゃない。この人は嘘をつかない人だ。純粋なんだ。おれに、望みが出てきたわけだ）

沈黙のときが流れる。

動かない葉子は、高原の心のなかを許ろうとしているようだ。

もし高原がここで葉子におおいかぶされば、ついさっき熱意をこめてしゃべったことが、すべて空虚になってしまう。結局はみにくい欲望を遂げるための口実だったということになる。

高原は立った。

一歩しりぞいて葉子を呼んだ。

「山崎さん」

葉子は目を開け、だまって高原をみつめた。

高原はあたまを下げた。

「ぼく、帰る。さわがせてすまない。失礼な点は許して欲しい。もう二度と、強引にあんなまねはしない」

「ありがとう」

仰向けになったまま。葉子は低く言った。

「まっすぐに帰って」

高原は葉子の部屋を出た。ドアをきっちり閉める。

踏みはずさないように気をつけながら、階段を下りた。

(おれの暴力から逃れるための非常手段だったのかも知れない。しかし、それでもよい、強姦されるような女じゃないんだ)

アパートを出た高原はまっすぐに駅に向かった。


あくる日から、高原は部屋に閉じこもったまま、大学に行かなかった。

行くのが恐いのだ。

葉子が高原の醜い行為をみなに報告しているかも知れない。

いや、たとえ葉子が口をつぐんでくれていても、その葉子に会うのがおそろしい。酒の酔いのせいには出来ないのである。

三日目、大内から電話がかかってきた。

「まったく大学に顔を出さないじゃないか。どうしたんだ?」

「ほっといてくれ。おれは今、このまま田舎に帰ろうかどうしようか、考えているんだ」

「ほう、理由は？」

「かまわないでくれ。おまえには関係のないことだ」

「山崎葉子にふられたのかい？」

「あの人がそう言ったのか？」

「まさか、ずっと会っていないよ。何かあったのか？」

「何もない。とにかく、おれをほっといてくれ」

「わかったよ。何だか知らないが、せいぜい悩むがよい」

電話は切られた。

（あいつはおれたちの科の連中と親しい。おれのことで何か噂が流れたら、当然すぐにあいつの耳に入るはずだ。何も知らないところを見ると、彼女はだれにもしゃべっていないらしい）

目の前がやや明るくなった気分である。どうしてあんなまねをしてしまったか、今は身をよじって後悔しているのだ。

それでも高原は、葉子に会うのがおそろしくて、つぎの日もそのつぎの日も休んだ。

日曜日。

高原が遅い朝食の用意をしていると、廊下の電話が鳴った。

他の部屋のだれかが出たようである。

どうせ他人への電話だからと考えて包丁を使っていると、ドアがノックされた。

「高原さん、電話ですよ」

向かいの部屋の学生の声である。

急いで高原は廊下に出た。

また大内だろうと思いながら、

「高原です」

と言うと、

「病気なの？」

という声が流れてきた。

「あなたは？」

「あら、声も忘れたの。山崎です」

葉子である。

急に胸が躍った。

「あ、山崎さん。いや、きみから電話がかかって来るとは予想もしていなかったんです」

「この前のことは、あれは酔った上でのしたい放題の口から出まかせだったわけね」

「いや、それはちがう、ほんとうなんだ」

「どうして教室に顔を出さないの？」

「はずかしいんだ。謹慎している」

「じゃ、病気ではないのね？」

「健康はだいじょうぶです」

「今から遊びに行っていい？」

「来てくれる？」

「あなたの部屋を見たいの」

「じゃ、駅まで迎えに行く」

「そうしてくれる？」

　駅の改札口で会う時間を約束して受話器を置いた高原は、胸がいっぱいで立っていることが出来なくなり、そのまま廊下に座り込んでしまった。

負けた男

光った。

　敬子《けいこ》はほとんど口紅をつけていないようであった。そのくちびるが、紅茶に濡れるとあかく光った。

　そこに自分のものをねじ込んでみたい衝動をおぼえながら、仁司《ひとし》は言った。

「あいつはね、毎月給料日にはソープランドに行くんですよ」

　敬子の顔色が変化する。ひるんだ目になった。

　仁司はつづけた。

「あいつが通っているのは、西川口《にしかわぐち》の〝クイン〟というソープです。そこに清美《きよみ》という子がいる。あいつはその子に夢中なんです。口のテクニックのすごく上手な子らしい」

　事実であった。

　だから仁司は、うしろめたさをおぼえなかった。

　友達のそのようなことをその友達がプロポーズしている相手には言うべきではない、というのは一般の常識である。しかし仁司は、そのような常識に縛られる必要を感じなかった。

　進んで密告に来たのではない。問われたから、知っていることを答えているだけだ。

　仁司のおしゃべりによって敬子が坂本《さかもと》から遠ざかることになったとしても、そのような事実を持っている坂本がいけないのであって、事実を報告した仁司が悪いわけがない。

また、敬子と坂本の仲をぶちこわすことは、仁司の望むところであった。

敬子は目を伏せ、

「ほんとうですか？」

と乱れた声で言った。

「ほんとうかどうか、坂本にたしかめればいいでしょう。もっとも、坂本は否定するかも知れません。給料日はかならずです。もちろん、給料日以外でも行っているはずです」

「丸田《まるた》さんも、そんな店へ行くんですか？」

「いや」

期待していた質問である。

仁司はゆっくりと大きく首を振った。

「ぼくは行きません。そんな店どころか、それに類する場所へは行きません。金で買える女など、不潔で抱く気は起きません」

これも事実である。不潔なだけでなく、金がもったいない。

「じゃ」

ためらいを示したあと、敬子は第二の質問を発した。

「どうしているんですか？」

欲望の処理についてだ。その質問は、敬子が男の生理について無知でないことをあらわしていた。なかなか勇気のある娘だ。

「適当に、普通の女と遊んでいます。女子大生もいるし、ＯＬもいる。人妻もいる。みんな、あとくされのない連中です。いつでも別れられる。いや、毎回別れているんです。つぎにおたがいに気が向いたら会うし、都合が悪ければ一生会わなくてもトラブルは生じない。割りきった関係です」

「坂本さんには、そういう人はいないんですか？」

「さあ、どうかな。いないかも知れない。一人や二人はいるかも知れない」

「いれば、ソープなどには行かないでしょう？」

「そうでもないんです。ソープ嬢はとくべつのテクニックを身につけている。それが忘れられなくて通っている男が多いんです。相手がいない男だけ利用しているんじゃありませんよ」

「わかりました」

敬子は会釈《えしゃく》した。

「たいへん参考になりました」

「ぼくから聞いたとあいつに言ってもかまいませんよ」

そのあと、仁司は敬子を食事に誘った。敬子は承知し、二人は場所をレストランに移した。

まず生ビールで乾杯する。敬子のくちびるは、紅茶のときよりもさらにあざやかになった。

好色性がちらつく。

「あの人、過去の恋愛については言ってくれました」

「古谷美津《ふるやみつ》のことでしょう？」

「ええ」

　仁司は笑った。

「美津がわがままで強情で家庭的な女ではない。だから別れた。そう言ったでしょう?」

「ええ」

「真相はちがうんです。真相はちがって、あいつのほうが振られたんです」

「まあ」

「あいつは美津を」

　そこで声を低くした。

「ついに肉体的によろこばせることが出来なくて、それで美津はほかに男を作り、その男があいつよりずっと良くて、美津のほうから去って行った」

　これも半分は事実である。

「ぼくが直接美津から聞いたことです。まずまちがいないでしょう」

　これでこの子が坂本になびく可能性はほとんどなくなった、と仁司は思った。ソープ嬢に通っていることよりもはるかに決定的なマイナス点を仁司はしゃべったのだ。

「女のほうから、去って行ったんですか?」

「そう。つまりあいつは、女のテクニックで自分がよろこぶだけで、女をよろこばせることは出来ないんです。すくなくとも、美津にかぎってはそうです」

　仁司は敬子も処女ではないとにらんでいた。したがって、仁司の言っていることをからだで理解できるはずである。

「性《しょう》が合わなかったからじゃありません？」

「それも、あいつに問うてみるといいでしょう。いや、それよりも古谷美津に会ってみませんか」

「いいえ」

敬子は首を振った。

「会いたくありません」

きっぱりとそう言い、今度はまっすぐに仁司をみつめた。

「丸田さんは坂本さんの親友でしょう？」

「親友？　ぼくはそういうことばは好きじゃないんです。友達であることはたしかですね」

「それでよく、たいへん参考になることを言ってくれました」

敬子のことばには皮肉がこもっている。友達のマイナス面をさらけ出したことへの非難がある。

仁司は上体を敬子にかたむけた。

「あなたを、あいつに渡したくないからですよ。ぼくは、あなたに結婚はまだ申し込まない。しかし、あなたはチャーミングな女性です。出来れば、抱きたい。そのためには、あなたが坂本の女になるのを阻止したい。だから、ありのままをしゃべったんです」

「好きでもないのに？」

「いや、好きですよ。もう前から、好きなんだ。しかし、結婚を申し込むほどあなたを知っていない。ぼくはね、女を口説くのに結婚を口にするようなまねはしたくない。親密になったあと、それを考えるんです。第一、どんなからだをしているかも知らないのに結婚を申し込むなんて、無責任です」

「じゃ、丸田さんと結婚する女の人は、その前にすべてを許して試験を受けなければならないわけですね」

「試験は、おたがいに受けるんです。ぼくもまたテストされる」

「………」

「どうです、ぼくをテストしてみてくれませんか?」

「自信があるのね」

敬子の目が濡れた。

「そりゃ、ありますよ。たとえ今敬子さんに親しくつきあっている男がいても」

「そんな人、いないわ」

「ありがたい。希望を持っていいわけですね?」

「あたし、坂本さんのことを聞きに来たんです」

「それはそれとして、ぼくもまたあなたを慕っている男であることを忘れないでください。坂本は、いや坂本にかぎらず世のすべての男は、ぼくにとってはライバルです」

食事がすむと、仁司は他の店へ敬子を誘わず、タクシーで家の前まで送って行った。敬子が車を降りるときに握手しただけである。

「今度いつ、坂本に会うんですか？」

「金曜日です」

「返事をするわけですね？」

「ええ」

「ほんとうに、ぼくが言ったと言ってもいいんです」

敬子と別れたあと、しばらく車を走らせて公衆電話のボックスをみつけた仁司は、そこから古谷美津に電話した。

美津はいた。

「どうだい？　これから行っては都合がよくないかい？」

「どうしましょう」

「彼が来る予定なのか？」

「来るかも知れないの」

「じゃ、きみがおれの部屋へ来いよ。彼が来てきみがいない。友達のところへ泊まったことにすればよい」

「そうね。あてにならない人を待つより、そのほうがいいわね。行くわ」

仁司が部屋に帰って三十分ほどして、美津はあらわれた。

全裸で抱き合ったふとんのなかで、仁司は敬子の話をした。

「いけない人ね」

仁司をもてあそびながら美津は言った。

「褒めてあげればいいのに」

「ゲームには勝たなきゃ。ちょっといい女なんだ。だまって坂本に渡す手はない」

「あなたがいなかったら、あたしは坂本さんと別れなかったと思うわ」

「そのおかげで、今の恋人をつかんだんだから、いいじゃないか」

「それはそうだけど、彼、あなたとあたしのことをうすうす疑いはじめたみたい」

「それはまずい。とにかく彼は、きみの永久就職の相手だ。気をつけろよ。早く結婚してしまえ」

すでに美津とその男とは、来年の春には結婚することになっているのだ。

「結婚しても、会ってくれる?」

いつもの質問である。

「もちろん、おれがこれを忘れるわけがないんだ」

美津のそこをてのひら全体で強く押した。美津は仁司を握りしめた。仁司が美津とこうなったのは、美津が坂本に焦立ちをおぼえはじめたときである。本能的にそれを察して、仁司は美津に迫ったのだ。あっけなく、美津は仁司に抱かれ、

「ああ、久しぶりようっ」

と叫んだ。

しかし仁司は美津を恋人にする気はなく、美津もそれを心得ていて、すぐに他に男を作り、

「あなたほどじゃないけど、まあまあよ。坂本さんと別れて、その人と結婚を前提にしてつきあうわ」

と仁司に報告した。仁司はそれを祝福してやった。

土曜日は休みである。

目を覚ましてふとんのなかで本を読みながら、

（そろそろ朝めしの支度でもしようか……）

と思っていると、卓上の電話が鳴った。

仁司は一人で寝るときでも全裸である。

起きて、受話器を取る。

「丸田か？」

坂本の声である。

殺気立っている。

（お出でなすった）

「ああ、おれだ」

「おまえ、それでも人間か」

「敬子さんのことか」

「あたりまえだ。今から行くから待っていろよ」

「ああ、待っている。おまえ、もう朝めしはすんだか？」

「そんなの、食う気になるか」

受話器を置いた仁司は下着を身につけ、台所に立った。

二人前の朝食が出来たとき、ドアがノックされた。

「開いているぞ、入れ」

部屋に入った坂本は、でこぼこした顔で突進してきた。

「きさまあ」

すばやくそのふところに飛び込んだ仁司は、坂本の両腕をねじり、横にまわり、足をかけて畳の上に倒し、上から押さえつけた。

「こんちきしょうっ」

坂本はもがく。

仁司が出たのは二流大学であり、坂本は国立一期を卒業した。

仁司の勤めているのは小企業であり、坂本は大手商社のエリート社員だ。

しかし、こういうときにはそんなことは関係ない。

「おれが嘘を言ったのか？」

仁司はどなった。

「おれはあの可愛子ちゃんに、真実を述べただけだ」

高校時代から十年間の交際の幕切れだ、と仁司は考えていた。それでもよい、という気で敬子にしゃべったのである。もうこれからの仁司の人生に、坂本はわずらわしいだけである。

「くそっ、放せ」

「暴力を振るわないか？　どうせ、おれのほうが強いんだ。なぐってきたら、百倍なぐり返すぞ」

仁司は坂本を自由にし、坂本はのろのろ起きて仁司をにらみつけてきた。

「おまえがこんなやつだとは思わなかった」

「じゃそれは、おまえの認識不足だな」

たばこに火をつける。

ゆっくりと吸った。

「おれは事実を言っただけだ」

「おまえには友情はないのか？」

「そんなもの」

仁司はせせら笑った。

「ないね。これまで、おれはおまえを利用してきた。おまえだってそうさ。利用し合うことが出来るのが友達さ。もう、おまえには利用価値はない。絶交しに来たんなら、ＯＫだよ。めしの用意は出来ているが、食わずに帰って行け」

「殺してやりたい」

「そんな阿呆な。おれは死ぬのはいやだ。おまえだって、殺人罪で何年も刑務所に行って一生を棒に振るようなまねはしないさ」

「おれが憎いのか？　あの子におれの秘密をあばいて、おまえにどういう利益があるんだ？」

「おれが」

仁司がこともなげに答えた。

「あの子を抱きたくなったんだ。そのためにおまえのチャンスをつぶす。獲物を得るにはライバルを遠ざける。当然のことさ」

「あの子におまえも惚れていたのか？」

「ちがうね」

仁司は坂本をみつめた。

「美津の場合と同じさ。ただ、抱きたいだけさ」

「美津？　美津がどうしたと言うんだ？」

「そう好きじゃないが、抱きたくなった。それだけのことさ」

「じゃ、おまえは」

坂本の声が一段と大きくなった。

「そうさ」

仁司は落ち着いていた。

「美津がまだおまえとつきあっているときに美津を抱いた。仲は今もつづいている。敬子さんと会った夜、美津はこの部屋に泊まりに来た。まだ敬子さんを抱けないから、美津を呼んだんだ」

「う、う、う」

坂本は興奮を押さえるのに懸命なようである。仁司は冷たくその様子を眺めていた。いつか言おうと思っていたことである。チャンスが来たのだ。敬子に秘密をしゃべったことよりもはるかにショックは大きいにちがいない。

「おまえというやつは」

「そうさ。友達というのはこういうもんだよ。おまえは、いつも自分が加害者でおれが被害者に甘んじているものと思い込んでいただけだ」

「おれのどこが加害者なんだ？」

「おまえの存在そのものさ。いつも、おれを見下していた。優越感とともに、おれとつきあってきた。高校時代から、そうだった。おれとおまえが歩いている。いっしょに歩いているんじゃないんだ。おれがおまえにくっついて歩いている。みんなそう見ていた。おまえにもその意識があった。ちがうかね？　おれは美津をおまえから奪ってその借りをすこしだけ返した。ちょっとした利息さ。今度のこともそうだ。たいしたことじゃない。あまりわめくとみっともないぞ」

「おまえは、おれをそれほど憎んできたのか？」

「うぬぼれるなよ。それほどおまえが重石《おもし》になっていたわけでもないんだ。ただ、ちょっとばかしうっとうしかっただけなんだ」

「美津は別の男と出来ておれから去って行ったんじゃなかったのか？」

「一応かたちではそうなっているね。しかしそれは、おれが美津をもてあそんでいるだけだということを美津が知っているからだ。あの子に正式の恋人がいることは、おれにとって都合がいい。その恋人がおまえであろうとだれであろうと、かまわん」

「悪党め」

坂本は立った。

「おぼえておれよ。そのうち、このお返しはかならずするからな」

「めしを食って行かないのか？」

「だれが、おまえのめしなんか食うか」

そのまま坂本は部屋を出た。

ドアが音を立てて閉められた。

「ざまあみろ」

（これでさっぱりした）

（もう、これからおれの人生ではあいつは無縁なんだ。捨てて惜しい友達じゃない）

仁司はみそ汁の入った鍋に火をつけた。いつもの土曜の朝にくらべて、食欲はみなぎっていた。

一月経った。

当然のことながら、坂本からの音信はない。いかに仁司を憎み恨んでも、法を犯すようなまねをするようなおろかな男ではないはずで、その点は楽観していた。

問題は敬子である。

坂本との仲を邪魔したのは、坂本をいじめるためではない。仁司自身が欲しくなったからである。

（そろそろ、誘ってみるか）

晴れた日の金曜日、敬子の会社も土曜日は休みだということを考慮に入れて、仁司は電話を入れた。

「まあ、丸田さん。しばらくでした」

「しばらくです。どうしていますか？」

「あいかわらずよ」

「今夜あたり、食事でもしませんか？」

「ありがとう。ちょうど良かったわ。今夜はまだ予定はないんです」

簡単に敬子は承諾した。

（ひょっとしたら、おれからの電話を待っていたのかも知れない）

仁司はそう思った。すぐに電話しなかったのは、敬子が待つ心理になる期間を置いたのである。

喫茶店で会い、天ぷら屋に移った。天ぷらだから、ビールではなく日本酒を呑む。

「坂本のプロポーズ、どうしました？」

「それより、丸田さんはあの人と絶交したそうですね？」

「聞きましたか？　その通りです。やはり、あなたに事実を言ったことがあいつの癪に触ったみたいです」

「あたしがまた、あの人に正直に言ってしまったんです。すみません。あなたに聞いたと、口をすべらせたの。あやまらなきゃいけないと思っていて、なんとなく電話しづらくて」

「いや、ぼくに聞いたと言っていい、とぼくは言ったはずです」

「あたしのために、長い間の友達の仲をこわしちゃったわ」

「覚悟の上です。ぼくにとっては、今はあいつよりあなたがたいせつだ」

「そんな。あなたには女性がいっぱいいらっしゃるんでしょう？」

「いっぱいはいませんよ。それに、たいした女はいないんです」

「坂本さんと別れた美津という人ともつづいているんですって？」

「ほう。じゃ、あいつがぼくのところにどなり込んできたあと、会ったわけですね？」

「ええ」

「やつ、どう言っていた？」

「まったく知らなかったらしく、ショックを受けていたみたい。あのとき、丸田さんはその人がご自分のことだったとは言わなかった」

「言う必要がなかったからです。あいつは美津にしんけんだったけど、ぼくとしては遊びですからね」

「あなたがその人に近づかなければ、坂本さんとその人は結婚していたと思うわ」

「さあ、どうかな。美津は坂本に不満だったんですよ。美津からいろいろ聞いたけど、いつかは別れる運命にあったんです」

「そうかしら？」

　敬子は首をかしげた。

「あなたと浮気した自己弁護のために、その人はあなたにそう言っただけじゃありませんか？」

「いや、美津はいつも取り残されて焦立っていたから、ぼくの誘いに応じたんです。ぼくも誘う気になったんです。女はね、正式の恋人だったら、相手に満足していればそうめったに他の男になびきません。それに坂本は、エリート社員で前途有望の男ですから」

「どんな点が不満だったのかしら？」

　敬子は首をかしげた。

「もういいでしょう。もうあいつはあなたにとって無縁の男だし、ぼくはこっちの利益にならないのに秘密を暴露することはしたくない」

するとと、敬子は仁司の盃にお銚子をかたむけながら、きわめて普通の声で言った。

「あたし、坂本さんと無縁になったんじゃないんです」

「ほう」

思いがけないことばである。

「まだつきあっているんですか？」

「ええ」

大きくうなずき、

「まだプロポーズをお受けしたわけじゃないけど」

「意外だな」

「丸田さんの情報は、参考にしました。でも普通におつきあいしている分には、関係のないことだと思ったんです」

「それはそうだ。いや、今もときどき会っている？」

「ええ、おとといも会いました」

「それで、あいつはやはりあなたを口説きつづけているわけですか？」

「ええ」

「しぶといなあ」

「だから、美津という人があの人のどんな点を不満だったか、知りたいの」

「なるほど。つまりあなたはまだ、あいつのプロポーズを受ける可能性を残しているというわけですね？」

「というより、だんだん可能性が濃くなって来ているみたい。だって、男の人なら、どこかで欲望を処理しているのは普通でしょう？　恋人がいる人より、金でその都度決済しているほうが安心だわ」

「それはそうだ。しかし、ふーん。これはおどろいた。つまり、ぼくの報告はあなたのブレーキにはならなかったわけだ」

「すこしはなりました。でも、あの人、あなたとちがって一本気で純情ないい人なんですもの」

「たしかに、ぼくみたいにひねくれてはいないが。ふーむ、あなたも相当な女だな」

「あたしだって、今まで何もなかったわけじゃないもの」

「じゃ、結婚はともかく、あいつと一度ベッド・インしてみたらどうです？　人に聞くよりもそのほうがたしかだ」

「それも考えているの」

天ぷら屋からスナック・バーにまわった。そのスナックは地下にあり、階段を下りながら、仁司は敬子を抱き、くちびるを求めた。

敬子は拒まなかったばかりでなく、くちびるが合わされると積極的に吸ってきた。

スナックを出たのは十時で、仁司はホテルに誘った。敬子は仁司にもたれかかり、

「おまかせするわ」

と言ったあと、

「でも、おとなの遊びよ」

そうつけ加えた。もちろん、それは仁司の望むところである。

予想以上に、ベッドの上での敬子は達者であった。達者であることをかくそうともせず、積極的に挑んできた。今まで知っている男は一人や二人ではない、と仁司は感じた。

とくに腰を浮かせて錐もみ状態になって仁司を攻める動きは一級品で、その声と相俟《あいま》って仁司は耐えるのに必死になった場面もある。

ついに耐えられなくなって仁司が頂上に至っても、

「あたしはまだよ、もっともっと」

と言って離れるのを許さなかった。

結局、仁司は三時過ぎまで眠らされず、たいへんな重労働を強いられ、

(こんな女ははじめてだ。おとなしそうな顔をしているのに、なんてこった)

あたまのなかでそうぼやきながら奉仕しなければならなかった。

敬子は十回近くけだものの叫びを上げてからようやく仁司を解放した。その直後仁司は、もう欲も得もない状態で眠りに落ちて行った。

目が覚めたとき、敬子はいなかった。仁司はむしろほっとした。

時計を見てまだ十時であることをたしかめ、チェック・アウトまで二時間あるので、ふたたび眠った。

部屋に帰ったのは二時近くで、また眠るためにふとんを敷いていると、敬子から電話がかかってきた。

「眠っているうちに帰ってごめんなさい」

「起こしてくれればよかったのに」

「だって熟睡していらっしゃったもの」

「今、どこです？」

「家。きょうは留守番なの」

「まだ夢を見ているみたいだ」

「昨夜のこと、坂本さんに言う？」

「いや、言わない。言う必要はないもの。それに、あいつとはもう絶交している」

「じゃ、あたしから言うわ。だましておつきあいするの、いやだもの」

「ぼくはどうでもいい」

「あした、会うの」

「ほう」

「あの人遠慮深いから、結婚の話とは別だとはっきりことわって、誘ってみるわ」

「おもしろいね」

「さあ、どうなることやら」

電話を切った仁司は、首を振った。

(じっさい、今の女は常識じゃ解釈できないわい)

しかし、美津をすら満足させ得なかった坂本が敬子を堪能させることが出来る、とは思われない。

(テストして、結局坂本は振られることになるだろうな)

結果を敬子は正直に知らせてくるだろう、と予測した。

(ま、楽しみだぞ)

そのいじらしい顔に似ず濃い密林とそのなかの発達した各部分のたたずまいを思い出して、仁司はまた首を振った。

予想通り、月曜日の夕方、敬子から会社に電話がかかってきた。

「今夜、予定ありますか?」

「いや、ない。デートはどうだった?」

「お会いして、話したいの」

六時に、二人はこの前の喫茶店で会った。敬子はいつもと同じ印象であった。

「どうだった」

「まず、あなたのことを白状したの」

「おこったでしょう?」

「ええ、顔色を変えたわ。そのまま席を立って去って行くかと思った」

「ふむ」

「でも、去らなかったわ。もちろん、態度は急によそよそしくなって、あたしを軽蔑の目で見て。ほんとうに感情がそっくり顔に出る人なのね」

「むかしからそうなんです」

「それで、あたしは言ったの。〝さあ、これでもうあたしと結婚する気はなくなったでしょう？　あたしは結婚とは関係なくあなたと冒険してもいいけど、もうその気もないでしょう？〟って」

「度胸がある。素面《しらふ》で？」

「ううん。すこしウイスキーを呑んで。いかにあたしがあつかましくても、素面じゃ言えないわ」

「あいつも呑んでいた？」

「ええ」

「じゃおこっただろうな。自分はまじめに結婚のプロポーズをしているんだから」

「ええ、でも、結局は承知したわ」

「ほう」

「それで、ホテルに行ったの」

「あいつとしては上出来だ。ぼくと寝たとわかっただけで、あなたとは縁を切るのが普通だからね」

「きっと、もうどうでもいい、という気になったんでしょうね」

「そうかも知れない。それで?」

「泊まることはできないわ。金曜日に外泊したばかりだもの。十時近くまで、およそ四時間ほど、ホテルにいたの」

「うん」

「十時にホテルを出て、あの人は家まで送ってくれて、あたしは朝までぐっすりと眠って、今朝は遅刻しちゃった」

「やつ、どうだった?」

と、敬子は笑いを含んだ目で仁司を見て、首を横に振った。

「あなたがどうだったか、あの人には言っていないわ。あの人のことも、言わない。それがエチケットでしょう」

「それもそうだ。聞かないことにしよう。さて、何か食べに行きましょうか?」

「それがだめなの。今夜は早く帰らなきゃ、おふくろに叱られちゃう」

「昨夜も遅かったんだから、ま、そうだろうな。じゃ、もう帰るの?」

「ええ。丸田さんは?」

「美津に電話してみよう。婚約者と会う予定がなかったら、呼ぶ。あいつはあなたとちがってアパートに一人住まいだから、自由なんです」

「一人で住んでいる人って、うらやましい。東京に家のある娘は不幸だわ」

敬子と別れて、美津に電話した。

「だめなの」

と美津は言った。

「八時に彼が来ることになっているの。ほかの子をあたってみて」

「そうしよう」

「ごめんなさいね」

仁司は、つきあっている何人かの女に電話した。ある女は不在だったし、ある女は都合が悪く、結局仁司はあたらしい女を求めて酒場をまわることにした。

水曜日、仁司は敬子に電話した。

「ごめんなさい。今夜は家にお客さんが来るの」

「じゃ、あしたは？」

「あしたは坂本さんに会うの」

「ほう」

「一足ちがいよ。さっき、坂本さんから電話があって、約束しちゃったの」

「ことわったら？」

「そんなことはできないわ」

「あいつ、まだあなたと結婚する気でいるのかな？」

「さあ。そのことについては、あれから話をしていないの」

「じゃ、金曜日は？」

「どうせあしたはホテルに泊まるか坂本さんの部屋に泊まりに行くことになると思うの」

「………」

「だから、あさってはおとなしくしていなきゃあ」

「じゃ、土曜日」

「そうね。土曜日、あたしから電話をします。部屋にいらっしゃるんでしょう」

「いますよ」

その土曜日の朝、まだふとんのなかにいる仁司に敬子から電話がかかってきた。

「今、東京駅なの？」

「え？　どうして？」

「これから、京都へ行くの。帰りはあさっての朝になると思うわ。東京に着いてまっすぐに会社へ行くの」

「京都へ何しに？」

「遊び」

「だれと？」

「おこらないで」

「うん」

「坂本さんといっしょ」

「へえ」

「彼はもう車内に入っているわ。あたし、家に電話すると言ってホームに出てきたの。もうすぐ発車よ、行かなきゃ。月曜日にまた電話します」

そのまま電話は切られた。

午後、美津が遊びに来た。

坂本と敬子と自分のことを話すと、美津はうなずいた。

「結局、今度はあなたが振られて坂本さんが勝つことになりそうね」

「そうなりそうだ」

「きっと、敬子さんというその子、坂本さんとぴったりだったのよ。それに、坂本さんだって、あたしとのときのままじゃなく、修業を積んだんでしょう。一度、誘ってみようかな。どれくらい上手になったか、試してみたいわ」

「うん、誘ってみろよ。その子は、ベッドの上のことは言わないんだ」

「でも、あたしはもうだめでしょうね。あたしを許すほど、あの人もお人好しじゃないでしょう」

「それもそうだな」

その日、仁司はいつもよりはげしくしつこく美津を攻めた。

「あなた、敬子さんのことで嫉妬しているのね。でも、いいわ、ああ」

美津は仁司の突発的な欲情をよろこび、何回も声を上げた。

月曜日。

敬子から電話がかかってきたのは正午前である。

「今、会社に着いたの」

「ゆっくりだったね」

「ええ、楽しかったわ。夕方、会える？」

「もちろん、ずっと待っていたんだ」

「それじゃ、六時に、いつものところで」

「わかった」

六時きっかりにいつもの喫茶店に入って行った仁司は、奥のボックスに坂本と並んで腰かけている敬子を見た。

おどろいたが、

(何もおれがひるむことはない)

自分にそう言い聞かせて進んだ。

「やあ、おそろいとは意外だった」

二人の前に腰を下ろすと、坂本は吸っていたたばこを灰皿でもみ消した。

「おれはおまえに会いたくなかった。しかし、この子がどうしてもいっしょに来てくれと言うんだ」

「なるほど」

仁司は敬子を見た。

「あなたが連れてきたの？」

「ええ」

敬子はうなずいた。

「頼んで、来てもらったの」

「さて、どういうことかな」

と、敬子は姿勢を正してまっすぐに仁司を見た。

「あたし、坂本さんと結婚します」

もう、仁司はおどろかない。坂本の顔を見たときに、どんな事態が生じるか、いろんな可能性を考えたのである。

「それはおめでとう」

仁司は会釈し、坂本のほうを向いた。

「よかったな」

「ふん」

坂本は肩をすくめた。

「おまえから祝福を受けるいわれはない」

「それもそうだ」

仁司は敬子に顔をもどした。

「で、話はそれだけ?」

「ええ。ですから、あなたとのことはあの夜だけ、もう会いません」

「わかった」

「電話で言ってもよかったんですけど、あなたとのことをこの人に秘密にしているとあなたに思われるのがいやだから、来ていただいたんです」

「なるほど、よくわかりました」

仁司は笑おうとした。ひきつる笑いになるのをごまかせなかった。

「結局、ぼくが負けたわけだ。それで、どうして坂本と結婚する気になったんですか?」

「そんなこと、口では言えないわ。また、言わない主義なの」

敬子は坂本の腕を取った。

「あなた、出ましょう」

「うん」

二人は立った。仁司は腰を下ろしたまま、二人を見上げた。

「結婚、か……」

「そう」

敬子は声をひそめた。

「あなたは、たったあれぐらいで眠ってしまったものね」

仁司は唸った。つづいて、
（やれやれ）
と思った。どういう意味の「やれやれ」か、自分でもわからない。

適齢期を過ぎて

駅に、北口と南口があった。北口に出て歩いて五分、雅子《まさこ》の住むアパートがある。南口に出て同じく五分、弘子《ひろこ》の住むアパートがある。

その駅で電車を降りるとき、元木《もとき》はたいてい酔っていた。時刻はつねに十一時前後である。どちらに行くべきか、決めてはいなかった。どちらかに行こうと考えて、その線に乗るのである。

どちらかに予告の電話をするとする。と、

「これから行くぞ」

そう言った瞬間から、元木はもう一人のほうに行きたくなるにきまっているのだ。待ちぼうけを食わす悪趣味は、元木にはない。

選択の自由を最後まで留保するために、決めずにプラットホームに降りるのだ。

その夜、呑みながらも、どちらかに行こうと考えていた。それで例によって、決めずに電車に乗り、降りた。

二人とも、それぞれの部屋にいるはずであった。もうふとんのなかにいるはずであった。元木ははだかになって入って行けばよいのである。

元木の計算によれば、雅子も弘子も、生理中ではないはずであった。

（よし、前を行くあの赤いコートの女、あの女が北口へ出れば北口へ、南口へ出れば南口へ行こう）

階段を上りながら、そう考えた。

改札口を出て、女は右へ折れた。南口へ向かったのである。とたんに、元木は雅子に会いたくなった。賭けが元木を束縛し、その束縛に反発を感じたのである。

それで、元木は賭けとは逆に北口に向かった。

五分後、雅子の部屋のドアをノックした。部屋のなかはすでに暗かった。

「どなた？」

ドアの近くまで来ての、ひめやかな声、ノックのしかたで、元木だとわかったはずだ。それにこの時刻は普通の客の来るころではない。

「おれだよ」

ドアはひらかれ、パジャマ姿の雅子があらわれた。元木は部屋に入り、雅子を抱きしめた。

元木に抱かれながら雅子はドアを閉め、カギをかけ、

「足音でわかったわ。今夜はとくに来て欲しかったの。あなたのことを考えていたの」

と言った。元木は接吻しながら、雅子をまさぐった。そのことば通り、雅子はしとどになっていた。こちらに来てよかった、と元木は思った。

やがて、雅子の手で服を脱がされる。全裸になった元木の腰を、雅子は片手で抱いた。片手は元木自身を握って口にあてがうためである。

ふとんは、雅子の体温であたたかであった。雅子の匂いにみちていた。雅子はいつもよりもさらに積極的であった。

満足して、元木は眠った。

朝、二人はふたたび愛し合った。そのあと雅子は起きて、出勤の用意をはじめた。雅子は八時に部屋を出なければ会社に遅刻する。元木は十二時ごろ出社すればよい。午前中元木が一人でここに寝る。ここに来たあくる朝が土曜日でない場合のいつもの例である。これは、弘子の部屋に泊まった場合も同じである。

「じゃ、カギはいつものところに置いといてね」

「うん」

「今度はいつ来てくれる？」

「わからん」

雅子が出て行ったあと、元木は起きるのがめんどうなので内からカギをかけずに、そのまま眠った。

目が覚めたとき、枕許に弘子が座っていた。一瞬、おれは昨夜弘子の部屋に泊まったのか、と思った。

そうではなく、たしかに雅子の部屋である。弘子は力んだ顔で元木をみつめていた。

「よう、どうした？」

「雅子さんに、駅のホームで会ったのよ。あなたが昨夜来たこと、顔を見てピンと感じたわ。

いっしょに電車に乗って、話をしているうちに、なおはっきりしたの。それで、雅子さんがO駅で降り、あたしはつぎの駅で降りて引き返してきたの」

「会社はいいのか？」

「昼から行くわ、あたしの部屋に来て。それとももう、元気ない？」

「あるさ。今朝は、自制したんだ。わざわざ場所を変える必要はない。ここでいい、脱いで入れよ」

「ここじゃ落ち着かないの」

元木は弘子に連れられて南口のアパートに行った。弘子はふとんを敷いて、はだかにした元木を寝かせ、タオルを湯で濡らして元木のからだを清めた。

「憎たらしい、雅子さん、幸福そうな顔をしていたわ、これで……」

弘子は元木を嚙み、元木は悲鳴を上げながらからだをねじって弘子の腰を抱いた。

はげしいひとときが過ぎたあと、

「あなたがこの前ここに来たのは十日前の金曜日だったわ」

弘子はそう言った。

「そうなるかな？」

「そうよ、あれから十日間、雅子さんの部屋に行かなかったわけじゃないでしょう？」

「いや、行かなかった。昨夜あの駅に降りたのは十日ぶりだ」

「不公平はいやよ。来ないんならそれでいいけど、連続して向こうへ行くのはいや」

「わかっているよ」

「今度はここに来て」

「そうしよう」

翌週の金曜の夜、元木はまた酔ってその駅に降りた。

(今度は弘子の部屋に行くはずなんだ。その約束だった)

しかし、その義務感がかえって重荷で、

(どうせ今夜来るとは弘子はわかっちゃいないんだ)

という考えの下に、元木は雅子の部屋へ行った。この前雅子の部屋に泊まったあと、弘子があらわれて弘子の部屋に移り、弘子を抱いた。だから、順番から言えば、雅子を抱くのが正しいのである。

元木を迎えた雅子は、

「弘子さん、いなかったの？」

と訊いた。

「いや、まっすぐにこっちに来た。どうしてだい？」

「だって、今夜は向こうへ行くと弘子さんに約束したんでしょう？」

「うん、それはそうだが、きみに会いたくなったんだ」

元木は全裸になってふとんのなかに入り、雅子を全裸にした。

愛撫のなかで、

「おれとそんな約束をしたと、あの子は言ったのか？」

「ええ。あなたがあの子の会社に電話して、そう言ったんでしょう？」

やはり、ここまで元木を迎えに来たことを、弘子は言っていない。

「いや、向こうからかかって来たんだ」

「あしたは土曜よ、あたしはお休み。あなたは？」

「休みだ、夕方までいる」

「うれしい」

それから熱い夜がはじまり、眠り、目覚めてまた愛し合い、一日中ほとんど二人はふとんのなかにいた。

夕方、元木は雅子に送られてそのアパートを出た。

さりげなく元木は、

「これから、弘子の部屋に寄ってみる」

と言った。

「そうだろうと思ったわ」

雅子は南口方向へ移る踏切まで送ってきた。

そこで雅子と別れて弘子の部屋のドアをノックした元木を支配していたのは、倦怠感であった。義務感であった。

ところが、弘子の部屋には一人の男がいて、弘子と差し向かいで酒を呑んでいた。食卓の上には手料理が並んでいる。

「あら、いいところに来たわ。どうぞお入りになって」

ドアを開けて元木を迎えた弘子は、しきりに目くばせしながら、明るい声を出した。

あたらしい状況が、思いがけなくも出現したのである。元木は新鮮な気分になった。

弘子は元木にその男を紹介した。

「会社の人で、平山《ひらやま》さんなの。いつもお世話になっていて、ひょっとしたらあたしと結婚してくれるかも知れないの。こちらは、ほら、いつも話しているでしょう？　高校の先輩の元木さん」

元木は酒宴に加わり、やがて弘子と平山がすでに肉体関係があるのをたしかめた。まったく聞かされていなかったことだが、もちろんただのセックス・フレンドである元木に弘子は自分の行状を報告する義務はない。

「ひょっとしたら」

とはじめ弘子は言ったが、平山との仲はそんなものでなく、すでに婚約もしていた。そのうち弘子は平山を連れて両親に会わせに実家に帰るという話まで進んでいた。

「よろしくお願いします」

あらためて正座して、実直そうな平山青年はあたまを下げた。

当然、元木は二人を祝福した。心からの祝福である。

「元木さんもね」

と弘子は言った。

「そのうちに結婚するフィアンセがいるの。もう五年以上ものつきあいなの。おとなしい人で、元木さんが悪いことをするのをだまって許しているけど、自信があるからなのね」

それは、元木と自分の仲が単なる先輩後輩であることを示すためのことばだが、事実でもあった。元木が雅子や弘子を束縛しない第一の理由である。二人の女は、気が向けば抱く、という程度であった。

平山がトイレに立ったあと、

「言わなくて、ごめんなさい」

弘子は先手を打ってあやまってきた。

「なんとなく言いそびれていたの」

「いつからなんだ？」

「二月《ふたつき》ぐらい前から」

「じゃ二カ月間、だぶっていたことになる」

「ごめんなさい」

「よく、今までかち合わなかったことだ」

「あの人、東京に家があって、外泊はしないの。いつも、十一時過ぎには帰って行くわ。まじめな孝行息子なのよ」

「なるほど」

「おこっている？」

「いや、なかなかいい人みたいだ。おれも好きになれそうだよ。心からおめでとうと言いたい」

「式には出席してね」

「よろこんで。それに、何かお祝いをしなきゃいけないな」

「安心したわ。いつあなたに言おうか、それが一番の悩みだったの」

　そこで弘子は声をひそめた。

「あの人よりちょっと先に出て、十時半に電話して。そして、今夜は泊まって行って」

　元木が返事をしないうちに平山がもどってきた。

　どうやら弘子は、これからも今まで通りに元木と肉体交渉をつづけたいようだ。

（そうは行かん。そんなことをしていたら、いつかはバレる。せっかくの結婚のチャンスを逸してしまう。もうこれからは、普通の先輩後輩にもどるのが筋だ）

　九時近く、元木は二人に別れを告げてその部屋を出た。

（雅子は知っていたか？）

　知っているいないにかかわりなく雅子と話をしたくなって、北口に向かった。もう自分の部屋まで帰るのはおっくうで、今夜も雅子の部屋に泊まろう。そう思ったのである。

　同じようなことは同時に生じるものだ。

　雅子の部屋にも男がいて、同じような状態で酒を呑んでいたのである。

雅子は廊下に出て、ドアを閉めた。

「帰って来ると思わなかったのよ」

低くそう言い、

「弘子さん、いなかったの？」

今度は部屋のなかの男に聞こえるように声を大きくした。

たちまち、元木は了承した。

「ああ、いなかったんだ、ひょっとしたら、ここに遊びに来ているんじゃないかと思ってね」

「来てないわ」

そこで雅子は声をひそめ、

「彼なのよ」

とささやいてきた。目は、この場の状況をうまく切り抜けようと焦っている。それには元木に正直に言って協力を頼む以外にないのであった。

「わかった」

うなずいた元木は声を大きくした。

「じゃ、よそをさがそう。いったい、どこへ行ったのかなあ」

そこで声をひそめ、

「うまく言いつくろえよ」

そうささやいて歩き出した。

そのとき、

「おーい、入っていただいたらどうだい？」

という声が部屋のなかからした。

「ちょっと待って」

雅子は元木を呼びとめ、部屋に入って行った。

元木はたたずむ。

すぐに雅子は出て来た。つづいて、丹前姿の男も出て来た。

その丹前は雅子が元木のために買ったものである。年も背かっこうも、平山と同じくらいである。

「こんなかっこうですみません。雅子の先輩ですね。今、呑んでいて、相手が欲しかったところなんです。よかったら入ってつきあってくれませんか、お願いします」

雅子もそばから、

「ね、弘子さんも、そのうちに帰って来ると思うわ。それまでいいでしょう？」

と勧める。

結局元木は雅子の部屋に入り、あらためて挨拶し合った。

「元木さんにはまだ言っていなかったけど、彼なの。やがてあたし、この人の川口《かわぐち》姓になると思うわ。そのときはよろしく」

雅子はそう紹介した。

「いや、元木さんのことは、いつも雅子から聞いています。前からお会いしたいと思っていました。ま、ひとついかがです」

元木は複雑な心境に浸りながら、それは表面に出さずに、

「ほう、雅子さんにこんないい人がいたのかあ。これはめでたい」

などと言いながら盃を受けた。

川口はもうかなり酔っているようで、

「ぼくはね、先輩、この子が可愛くてしようがないんです」

とか、

「もうずっと前からプロポーズしていて、このごろようやく、なんです。どんなことがあっても結婚します」

などと叫んでは、しきりに元木に「よろしく」とあたまを下げた。

「いったい、いつからなんだい？」

さりげなく、元木は雅子に問う。

「二月ぐらい前から……。会社の友達のお兄さんなの」

「じゃ、前から知っていた？」

「そうなんです」

雅子に代わって川口が答えた。

「はじめて会ったのは半年前で、一目でぼくは好きになってしまいました。それ以来、ずっと

口説いていたんです」

その川口がトイレに立ったとき、やはり元木は訊いた。

「今まで、よくかち合わなかったな」

それに対して雅子は、

「あの人、ここに泊まるの、はじめてなの。いつもホテル」

早口にそう答え、

「おこっちゃいやよ」

と言った。

「夕方おれがいるとき、もう約束していたのか？」

「ううん。あのあと、電話がかかってきて、来たいと言うの。ね、おこっちゃいや。だって、あたしだって」

元木はその肩をたたいた。

「おこっちゃいない。祝福するよ。なかなかよさそうな人じゃないか。似合いのカップルだぞ」

雅子が、

「弘子さんに電話しましょうか？」

と言ったのは、期せずして弘子の言った十時半であった。

「いや、いい」

元木は手を振った。

「もう、まっすぐに帰る。酔ったから、寄るのがめんどうになった」

「それじゃ、困るわ。あとで、あたしが弘子さんに怨まれる。とにかく、ちょっと電話します」

雅子としては、元木が弘子と特別の仲であることを川口に示したいのであろう。だから、元木もそれ以上反対できない。

雅子は自分で電話を持っている。それに雅子が手を伸ばしたとき、電話は鳴り出した。

「あら、だれかしら?」

そうつぶやいて、雅子は受話器を持つ。

「あら、弘子さん」

雅子の声ははずんだ。

「ええ、見えているわ。今、電話しようとしていたところなの。ちょっと待ってね」

受話器を元木にさし出した。

「ほうら、やっぱり待っていたわよ。あたし引きとめといてよかったわ」

元木は受話器を耳にあてがった。

「ああ、元木です」

「来て」

「うん、どうしようか?」

「来なきゃ、迎えに行くわ。ね、来て、彼はさっき帰って行ったわ」

こっちは川口の耳があるので、めったなことは言えない。

「よし、わかった。十一時には行く」

「まあ、うれしい。かならず、よ」

受話器を置いて、元木は溜め息をついた。

と、川口が元木に話しかけてきた。

「元木さんは、弘子さんという人の友達と、結婚するんですか？」

「さあ」

元木は首をひねった。

「まだそこまでは考えていませんね。あなたは、弘子さんとはまだ？」

「ええ、会っていません。この人の友達にはまだだれも会っていないんです。元木さんがはじめてです」

どうやら川口も平山と同じく、自分の恋人のお芝居を信じたようだ。

「それで、きみと川口さんとは、いつ結婚するんだい？」

「来年あたりと考えているの」

「早いほうがいいぞ」

「式に出席してくれる？」

「もちろん、よろこんで出席しよう。お祝いも贈らなきゃいけないいな」

十一時近くなり、元木は二人に見送られて部屋を出た。

二人は道まで出て来た。どうやら今夜は川口はここに泊まるようだ。弘子の部屋に泊まらずに帰って行った平山のほうがめずらしいのである。

弘子の部屋に行くと、弘子は部屋を整理し、ふとんを敷いて待っていた。

「さっきはごめんなさい」

「びっくりしたよ」

「いつか言おうと思っていたの。でも、うれしい、帰って来てくれて」

抱きついてくちびるを求めて来る。

「な、おい、もうよそうや」

「いやよ、いや」

「きみに結婚相手がいるとわかった以上」

「だめ」

口を口でふさがれた。情熱的な接吻の途中、いつものように弘子は元木をまさぐってきた。昨夜から夕方にかけて雅子と愛し合ったのだが、まだ余力は残している。しかも元木は、アルコールに強いほうである。すぐに興奮状態になった。

「そんなこと、言わないで」

「あれから、愛し合ったんじゃないのか？」

「それはそうだけど、今はあなたを欲しい」

結局、元木はふとんのなかに引きずり込まれ、弘子の情熱に流されてからみ合うことになった。

「さっきね、彼とこうしながら、あとであなたともこうするんだと考えたら、すごく興奮しちゃった」

「すけべえめ」

「すけべえにしたのはあなたよ。ああ、もっときつく」

はげしい時が過ぎたあと、元木は雅子のことを語った。

「まあ、雅子さんも？」

弘子はおどろく。

「ちっとも知らなかったわ。あなただけだと思っていたのに」

「きみも、平山さんのことを雅子に言っていないんだろう？」

「まだ言っていないわ。だって、彼女に言えば、さっそくあなたに言う。それがこわかったんだもの」

「向こうだってそうさ。しかし、同じ偶然が重なるとは、きょうはふしぎな日だ」

「そうねえ。でも、これで一度にお荷物が下りて、ほっとしたでしょう？」

「そういう気分でもある。さびしさも感じている。複雑だよ」

「ね、雅子さん、どう言っていた？　これからも、あなたと会う？」

「まだ聞いていない」

「きっと、結婚しても会うと言うわ。あたしもそうよ」

「いや、よしたほうがいい。もうおれは、この町には来ないほうがいい」

「いやよ、いや。それじゃ、あたしは彼と別れる」

「もっと理性的になれよ、もう二十六だぞ。両親も心配している」

「じゃ、ずっと会って」

あるいは弘子は、元木をよろこばせるためにそう言っているのかも知れない。

(そうだな。急に別れることはない。おたがいに、しだいに遠ざかればいいんだ)

「わかったよ、観念にとらわれないで、おたがいが都合のよいときに会おう」

元木は弘子のややこわい秘毛を撫でた。

「しかし、きみが他の男ともあるのに、まったくわからなかったなあ」

「わかるものなの?」

「わからないものだろうな」

「あたしは、あなたとの場合は安心していたの。彼とのときには気をつけているわ。きっと雅子さんもそうでしょう」


そこまでは、雅子と弘子の態度はほぼ同じであった。

しかし、婚約者を作ったことを元木に知れたあとの選択が、ちがっていた。

月曜日の朝、雅子は元木の部屋に電話をかけて来て、いろいろあやまったりしたあと、

「それで、話があるの。きょうかあした、どこかで会ってくれる?」

と言った。

あらたまった声である。

元木は了承し、その夕方、二人は新宿のコーヒー店で会った。

「さて、話を聞こう」

元木は雅子をみつめる。

「だいたい、わかってはいる」

「秘密にしていたこと、ほんとうにいけないと思っているの」

「いや、そのことはどうでもいい。むしろ、おれはほっとしている。どうせおれはきみと結婚できないんだから、罪を感じていたんだ」

「あたしも」

雅子はしおらしげに目を伏せた。

「そろそろ年だし、母からはいろいろ言って来るし、考えていたの」

「そうだろうな。ほんとうなら、おれは酔って行ったりしてはいけなかったんだ。感情としてはいろいろへんな気分だが、とにかく良いことだ」

「それで」

雅子は顔を上げた。

「あたし、これから、彼の良きフィアンセでありたいの」

「当然だよ」

元木は顔を前に出した。

「おれとはもう、こうやってお茶を呑むだけにしよう。忘れよう」

「そうしてくださる？」

「きみの将来のためだ。未練はいっぱいあるが、人生はそういうものだからな」

「ありがとう」

「もう、酔っても、ドアをノックすることはない。安心しろよ」

「勝手な女だと思う？」

「なんの、なんの。今まで勝手なことばかりしていたのはおれだよ。これでおれも、きみの両親の顔をまともに見ることが出来る」

そのあと元木は雅子を居酒屋に誘った。

「別れの乾盃をしよう」

雅子はうなずき、二人は元木の行きつけの郷土料理の店に入った。

「今夜は、約束はないのかい？」

「あさって会うことになっているの」

二人はビールで乾盃した。

「じゃ、いよいよこれから、本格的な結婚準備に入るわけだ」

「ええ」

「彼の実家は？」

「東京なの」

「じゃ、弘子と同じだな」

「え？」

そこで元木は、弘子にも恋人が出来ていたと同じ日にわかったことをまだ雅子に言っていないのに気がついた。

元木は簡単に説明した。

「あのときは、その男を混じえて三人で呑んだあとだったんだ」

「まあ。それで、どうして、弘子さんはあたしの部屋に電話をかけてきたの？」

「その男が帰ったからさ」

「まあ」

「しかたがない。一昨夜は泊まった。しかし、もうやめる。つまり、おれはまったく同時にきみと弘子を失うわけだ」

「弘子さんに、そう言った？」

「うん。しかし、あの子は、何やらダダをこねていた。おれを傷つけまいとする配慮かも知れないけど」

と、雅子は目をきらめかせて元木を見た。

「あの人、これからもずっとあなたとつづけたい、と言ったのね？」

「外交辞令だろうな」

「ううん、そうじゃないと思うの。正直な子だもの。そう、あの子はそう言ったの？　じゃ、あなたのことだから、結局はつづけることになるでしょう？」

「いや、ならないよ。万一のことがあったらたいへんだ」

「いいえ、あたしにはわかるの。あなたは、寄って来る女を拒むことが出来ないお人好しなのよ。意志の弱い人だわ。きっと、そうなる」

「弘子は結婚するんだぞ。今までとはちがうよ。おれだって、もうガキじゃない。いろんな事情を考える能力はある」

「でも、あの子は別れないと言っているんでしょう？」

「それでも、おれは別れる。おれが会わなきゃいいんだ」

雅子はだまった。

何やら考えているようだったが、ふいに元木の腕を取った。

「今夜、酔っていい？」

「いいとも、車で送って行こう。なあに、おれは玄関で失礼する」

「そうじゃないの、今夜、泊まって」

「どうしたんだい！」

「あなたと、あたしも別れない」

「おかしいぞ。きみは、弘子に恋人が出来たことを知らなかったんだろう？　きみと別れておれは弘子とつきあう。そう考えていたんだろう？」

「それはそうだけど、いや」

「すこし酔ったな。ま、いいや。とにかく呑もう。ところで、きみは彼の親には会ったのかい？」

「ええ。下町の素朴な人たちだったわ。親しみが持てたわ」

その夜、約束通りに元木は雅子をそのアパートまで送って行き、結局は泊まった。雅子はくり返し、

「あたしと別れるんなら弘子さんともきっぱりと別れて」

と言った。競争心が理性を失わせているようである。しかし元木は、一昨夜の弘子と同じく、

（これが最後だ）

という気持ちで相手のからだを味わった。その元木の心理の奥に、

（このからだは、あの男のからだをも迎えているんだ）

という意識が粘っこくへばりついていて、それが刺激でもあった。これも、一昨夜の弘子と同じである。

あるいはこれまで、弘子も雅子も、「この人のこれがあの子にも」という意識によって似たような刺激を受けていたのかも知れなかった。

自分に言い聞かせた通り、その後元木はあの線の電車に酔って乗らなかった。電話もかけな

い。

それに対して弘子も雅子も、なんとも言って来なかった。

ときどき、

(どうしているだろうか?)

(弘子は平山と、雅子は川口と、うまくやっているだろうか?)

(だまされているんじゃないだろうな)

(順調に話が進んでいればよいが)

そう考える。

たしかめるために会社なり部屋なりに電話すれば安心なのだが、それでは女の気持ちを乱すことになる。で、控えていた。

一月経ち、二月経った。

弘子も雅子も、連絡して来ない。

(連絡がないということは、順調なのだ)

元木は安心していた。もちろん、その安心のなかには一抹のさびしさもあった。

ところがそのあと、ふいに弘子から電話がかかってきた。

「今夜、来られない? どうしても会いたいの」

「どうしたんだ?」

「電話じゃ、言えないわ。ね、お願い、何時でもいいわ」

「六時に人に会う。ゆっくり会うことになっているんだが、よし、早目に切り上げて、九時なら行ける。九時でいいか？」

　九時なら行ってもらくに帰ることが出来る。

「いいわ、わがままを言ってすみません」

　九時ちょっと過ぎ、元木は弘子の部屋に行った。

　弘子は普段着姿で元木を待っていた。

「どうしたんだい？」

　元木はすこしだけ呑んでいた。

「ウイスキー、呑む？」

「うん、いただこう」

　部屋の中央の食卓の上には、簡単なおつまみが用意されてある。弘子は二つのグラスに水割りを作った。元木の水の量も、忘れてはいなかった。

「あたし、彼と別れたの」

「なぜ？」

「好きじゃなくなったの、だんだん。人って、つきあっているうちに欠点が見えて来るものなのね。このごろはもう、顔を見るのもいやになった」

「いい男だったのに」

「表面だけよ。ケチで見栄っぱりで、女みたいなところがあって、ひとつのことにこだわってしつこいの」

「いつ、別れた？」

「昨夜よ」

「よく、向こうが承知したね」

「承知するもしないもないわ。もうあたしには会う気はないんだから。もう前から考えていたことを昨夜爆発させたの」

「しかし、向こうはほんとに別れたと思っていないかも知れないぞ」

「ううん、別れたの。ちゃんと、別れましょう、うん、別れよう、はっきりそう確認し合ったんだもの」

「考え直したほうがいいんじゃないか？」

「その余地はないわ。ね、今夜泊まって行っていいんでしょう？」

その夜、元木は久しぶりに弘子を抱いた。弘子は元木を眠らせなかった。しきりに「あなたを忘れられないの」と口走った。その情欲に溺れながら、一方では元木は重荷を感じつづけていた。

十日ほど経った日曜日の朝、まだふとんのなかにいる元木に、今度は雅子から電話がかかってきた。

「弘子さんに会ったでしょう？」

「うん、会った。あいつ、婚約者との仲が決裂したんだ」

「聞いたわ。だんだんいやになり、ついにがまんできなくなるまでいやになった。そう言ったでしょう？」

「そうだ」

「あたしにも、最初はそう言ったわ。でも、どうもおかしいと、あたしはそう思ったの。そんな重要ないやな点がいくつもあるんなら、結婚の話が出る前に気がつくはずだもの」

「ちがうのか？」

「ゆっくり会って、巧妙に問いつめたの。ちがうのよ」

「あいつが振られたのか？」

「そうでもないわ。ね、あたし、弘子さんのためにこうして電話しているのよ」

「うん」

「友達だもの。それも、妙な因縁のある友達だもの。恨んだり呪ったりしたこともあるけど、やはりいい子よ」

「うん」

「あのね、あの子、あなたとのことが彼にバレちゃったの」

「どうして？」

「あのときにあなたの名を呼んだらしいの。それも、一回だけでなく、何回も。男は、最初のときに気がついていてわざとだまっていて、ことばを確認してから責めはじめた。相当知能犯な人ね」

「そう。何もかも言ったらしいわ。しかも、まだ彼よりもあなたが好きだとはっきり言ったの。ひらき直ったわけね」

「で、白状したのか？」

「まずいなあ」

「あなたにそれを言わなかったのは、あなたの気持ちに負担をかけたくないからよ。いじらしいと思わない？」

「責任を感じるなあ。よし、わかった。ところで、きみのほうはうまく行っているのかい？」

「ええ、あたしのほうはだいじょうぶ。予定通りに結婚するわ。弘子よりずるいから、バレるようなことはしない。ね、弘子さんをこれからも可愛がって。今はあの子、結婚できなくてもいいから、あなたについて行く気になっているわ」

「それはあの子のために考えものだな。ま、それはともかく、きみはしっかりしていてくれよ」

「あたしはだいじょうぶ。きょうも、午後から彼が来るの」

あるいは、雅子は結婚話に失敗した弘子が雅子の相手に元木とのことを密告するのをおそれ、弘子の挫折感を消すことに努力して欲しい、と元木に暗に要請しているのかも知れない。

「とにかく、二の舞を演じないよう、おれたちはつつしもう」

「そうね。もうこの前みたいなことは言わないから、弘子さんを可愛がって」

あくる月曜の夜、元木は例によって酒場を呑み歩き、気に入った女にめぐり会わないまま、弘子のアパートのある駅へ行く電車に乗った。十一時近くになっていた。

三月《みつき》ほど前は、その駅に降りて、どちら側に出ようかと迷ったものである。

(今はもうこっちだけだ)

南口に出た元木は、歩きながら予告しなかったことに気がついた。この間までの習慣にしたがったのだ。今はもう予告しても、逆の方へ行きたくなってしまうことはない。行きたくなっても行けないのである。

(ま、いるだろう。おれを迎えて、よろこぶにちがいない。弘子に関しては、事情は変わっていない。あいつがほかの男を体験したというに過ぎない)

アパートに着き、玄関を開けて入り、階段を上った。

ドアをノックする。返事はない。ふたたび、ノックする。

と、

「だれだ?」

低い男の声が聞こえてきた。聞きおぼえのある声だ。平山である。

(しまった。よりがもどったんだ)

とっさの判断で、元木は身をひるがえした。

おそらく、平山は弘子のからだが忘れられなかったにちがいない。ここで顔を見られたら、せっかくの復活がまたややこしくなる。

一気に階段を下り、靴を持ったまま外に飛び出した。

街灯に照らされて道がひろがっている。元木は走りつづけた。追って来ないとわかっていながら、踊るかっこうで走りつづけた。

過去の男

越前《えちぜん》ガニの足の肉を箸でせせり出して食べていた友田《ともだ》がふと顔を上げて言った。

「おい長井《ながい》。おまえ、羽生洋子《はぶようこ》と結婚するつもりなのか？」

「いや」

謙二《けんじ》は首を振った。

「おたがい、まだそのつもりはないさ。卒業までの同棲なんだ。あいつは郷里に帰って、金持ちの息子とでも見合い結婚するだろう。おれは東京に残って、あたらしい女をさがす」

そこまではありふれた会話であった。これまでも何人かの友達と、謙二は同じ内容の会話を交わしている。

そのあと、友田は、

「そんならいいが」

と言って盃を干した。あとはだまった。

ひっかかることばである。

すぐに謙二は、

「どうしてだい？」

と、質問した。友田の顔をみつめる。

「いや、なんでもない」

「なんでもないことはなかろう。洋子と結婚してはいけないわけでも、おまえは知っているのか？」

「いや、そうじゃない。結婚しないんなら問題じゃない」

そこで気にかかった謙二は、

「ひょっとしたら、するかも知れない」

と言った。それに対して友田は逃げた。

「たいしたことじゃないんだ」

「言えよ。思わせぶりな」

「おまえとは合わないいんじゃないか、という気がしているんだ」

友田はさらに逃げた。しかし、それ以上は追及できなかった。

謙二が洋子と同棲しているアパートに帰ったのは、十時近くであった。

洋子は食事の用意を整えて、机に向かっていた。友田と一杯呑んで来ることは、夕方電話で告げてある。そう長くはつき合わないから、お茶漬けぐらいは食べる。そう言ったのである。

食卓の前にあぐらをかいて、謙二は友田との会話を伝えた。

「へんなことを言うやつだよ」

すると洋子は、

「きっと、松原《まつばら》さんのことをだれかに聞いたのよ」

と言いながら、横に座ってお茶を入れはじめた。

「そうかも知れない」

謙二の前に、洋子には恋人がいた。謙二は会ったことはない。洋子の入っている庭球クラブの先輩であった。去年、大学を卒業し、今は会社勤めをしているらしい。

洋子とその松原という男とは、洋子が大学の二年になった春に最初の交渉を持った。

洋子の謙二への告白によれば、それが洋子の初体験であった。

洋子と松原の仲は一年つづき、去年松原が卒業するすこし前に別れた。理由は、松原の母親に洋子が気に入られず松原は洋子よりも母親を選んだからである。最近、こういう青年は多い。

洋子は松原と結婚するつもりだったのだ。それに対して松原は、

「結婚はまだ先のことだ。そんなものにとらわれずに、自由につきあおう」

母親の意見はぜったいであるとしながらも、洋子との別れを承知しなかった。しかし、洋子は強引に別れた。二度と松原に抱かれなかった。

謙二は、去年の秋にはじめて洋子と結ばれたのだが、その直前に洋子の口から松原との過去を告白された。

もちろん謙二は、洋子が大学三年の秋まで処女でありつづけているとは思っていなかったので、その告白にはおどろかなかった。

むしろ、それまで一人の男しか知らないということに「ほう」と思った。

結婚できないと知って恋人と別れた洋子がなぜ、結婚を前提にしないで謙二にからだを許し、

定期的に秘密のときを持つようになり、なぜ同棲するようになったか、その心理を謙二は洋子に問うたことがある。

「松原さんは最初から結婚を匂わせてあたしを口説いたわ。最初からだますつもりだったのか、途中で変心したのか知らないけど、あたしは裏切りを感じたの。許せなかったの。あなたは最初のとき、そんなことは何も言わなかった。あれは、偶然だったんでしょう？」

大学の帰りのスクールバスのなかで偶然いっしょになり、話をしながらバスを降り、秋の日の暮れるのは早くすでにあたりはたそがれていたので、謙二が酒を誘ったのだ。呑んでいるうちに謙二は欲情をおぼえ、それを率直にささやいた。

たしか、

「どうだい？　今夜は別れるのはよそう。おれはきみを抱きたい。このままきみが去って行ったら、おれは一人さみしく部屋に帰って、きみのヌードを想像しながらオナニーをしなきゃならん。それじゃわびし過ぎる。今夜は楽しい夜にしたい」

そのようなことを言った。

そのとき、つぎのようなやりとりがあったと記憶している。

「じゃ、ソープランドに行ったら？」

「商売女を抱くのは好きじゃない」

「キャバレーやバーのホステスは？」

「化けものばかりさ。おれは今、きみに欲情している。あの種の女じゃ、第一に立つかどうかわからん」

「好きでもないあたしに、どうして欲情するの？」

「好きさ。愛しているなどという大げさなことは言わん。前から、普通に好きだった。いや、普通よりかなり強く好きなんだ。酔ったせいか、今は天使に見える。今夜だけでいい。誓っていいが、人には言わない。自分の女遍歴を吹聴しているやつが多い。おれはその点、口はかたいんだ」

「恋人はいないの？」

「いない」

「じゃ今まで、どうしていたの？」

「三カ月前に別れたんだ。ずっとつづいていたが、ある夜酔ってふいにその子のアパートに行った。男と寝ていた。ドアを蹴破って入ってたしかめたんだ。そのまま、縁を切った」

それは事実であった。

「じゃ、三カ月はどうしていたの？」

「オナニーだけさ」

これは事実ではない。スナックかバーの女の子二人と謙二は関係があった。その二人を交互に抱いていたのである。その二人とは、つづいている。しかし、それを言えば、その子たちのところへ行けと言われるにきまっているのだ。

「かわいそうに」

「同情するより、おれに応じてくれよ」

「あたしに恋人がいてもいいの？」

「かまわない。いるのか？」

「ふふふふ、いないわよ」

洋子が松原とのことを告白したのは、謙二と同じふとんのなかで下着姿で抱き合い、謙二の手が秘部に伸びたときである。その告白がおわるまで、謙二は秘部に触れるのを遠慮しなければならなかった。

「今夜だけ」

のはずであった。ところがつぎの日曜の早朝、洋子は謙二の部屋にあらわれた。きらきら光る目で出迎えた謙二をみつめ、

「夜中に目を覚まして、会いたくなったの。眠らずに今まで、朝になるのを待っていたの。抱いてちょうだい」

と言った。謙二は洋子がドアをノックしたときまだふとんのなかにいて、朝の欲望をもてあましているところであった。両手を伸ばして洋子を抱き、興奮状態のからだはその下腹を突いた。洋子はうめいた。

もつれ合ってそのままふとんのなかに倒れ込むと、洋子は愛の泉でしとどになっており、歩いてきたからであろう、腿にまで伝わっていた。

こうして二人の仲は継続的なものになり、行きずりの関係でなくなり、三日に一度はたがい

のからだをたしかめ合うようになり、たがいに必要なときに睦み合える状態を望んで同棲したのだ。

だから、将来は約束していない。ただ洋子はつねに、

「あたしはあなただけ。ぜったい、ほかの男とは何もしないわ。ほかの男と何かあるとすれば、あなたと別れたあとだけ」

そう言いながら、

「でも、あなたはいいのよ。束縛しないわ。病気だけ気をつけてくれたら。それから、あたしが欲しいときにダメになるほどほかの子に情熱を注がないようにしてくれたら」

と言っている。

そして謙二の知るかぎりではそのことば通り、他の男とは交渉はないはずであった。

だから洋子は、謙二の知らせた友田のことばに対して、自信を持って、

「松原さんのことよ」

と言ったのであろう。洋子とそう親しくない友田が、それ以外の洋子のことを知っているはずがない。

「そうかも知れないな」

うなずきながら、謙二は首をひねった。

「しかし、もし松原さんのことを友田が知っても、過去の話だ。現在とはちがう。結婚するにふさわしくない理由にはならない」

「今もつづいているんじゃないかしら？　あるいは、あたしがあなたに秘密にしているると思っているのかしら？」


「男関係以外のことかも知れない」

「あの人は、あなたがあたしについて知っている以上のことは知らないはずよ」

「じゃ、やはり、おれたちは性格が一致しないと考えているのかな。同棲しはじめたばかりでおれがきみに夢中になっていて、客観的判断を失っていると忠告してくれたのかも知れないな」

「どっちにしても、あたしにとってはおもしろくない話ね」

「その通り」

　たとえ卒業までというわり切った同棲であっても、他人からそう言われるのは、謙二にとっても愉快ではない。

「今度、はっきりとたしかめて」

「そうしよう。ひょっとしたらあいつ、おれを悩ませるために口から出まかせを言ったのかも知れない」

　そういう男がいるのである。何もないのに何かありそうな口ぶりでしゃべり、問いつめるとあいまいにぼかす。友田がそういう男だとは思わなかったが、人はあてにならない。

　謙二は洋子の給仕で食事をはじめた。洋子が家庭的な女でないとすれば、友田の感想はすっきりする。しかし同棲前から謙二は、洋子はいわゆる「良妻」にふさわしい女だと感じており、同棲をはじめてその感をさらに深くしているのだ。

「きみと結婚する男はしあわせだな」

何回か、謙二は洋子にそう言ったことがある。近頃の女子学生にはめずらしい子なのである。

したがって正直なところ、謙二は友田への返答とはうらはらに、

「洋子とこのまま結婚してもよい」

と考えていた。好色で感度が良くて気立ても良い。それでうまく家事を切りまわしてくれるのだから、申し分ない。

ただそれを友田に言わなかったのは、謙二の一種の見栄のためであり、洋子がどう考えているかはっきりしていないからでもあった。

食事をすませると、謙二は次の部屋に敷かれているふとんのなかに入った。

十分ほどして、あとかたづけをした洋子がネグリジェに着がえて入ってきた。

昨夜、睦み合った。

週三回ということにしている。

今夜は、おとなしく寝る夜である。

しかし、謙二は洋子を抱き寄せた。秘部へ手を這わせる。予定の夜は洋子はネグリジェの下は全裸である。

パンティに、謙二の手は触れた。ゴムをくぐる。

洋子は謙二の手を撫でながら、

「してくれるの？」

と甘い声になった。

「うむ」

「友田さんにあんなことを言われたから？」

「それもあるかも知れない」

洋子の手も謙二のからだに伸びてきた。


洋子に絶交を宣言されたあとも、松原は洋子のアパートにしつこく電話してきていた。ふいに訪ねてきたことも何回かある。

電話では洋子は、

「もう用はありません」

と切り口上を述べて受話器を置き、訪ねてきてもドアを開けなかった。

同棲前に謙二が洋子の部屋に行っているときにも、二度かかってきた。一度やってきた。

かなりしつこい男である。

母親の反対で、結婚はできない。

しかし、別れたくはない。

まるでこどものようなわがままであった。

謙二と洋子があたらしい二間つづきの部屋を借りて同棲をはじめたのは、ひとつには松原がうるさくてそれまでの部屋に住むのがいやになったからでもある。

友田が奥歯にもののはさまった言い方をしてから五日ほど経って、郷里に住む謙二の叔母が車にはねられた。

電話で母からその知らせを受けた謙二は、すぐにそれを洋子に言った。

「ケガはたいしたことはないそうだ。しかし、腰を強く打って、今は動けないらしい。一月ぐらいは入院することになりそうだ。可愛がってもらっていた叔母だ。土曜日曜を利用して、見舞いに行かなきゃならない」

「一月ぐらい？　不幸中のさいわいね」

交通事故と聞いて顔色を変えた洋子もほっとした表情になった。謙二は母から聞いた話を要約して語った。

「今度の土曜の朝に発《た》とう」

「それがいいわ」

木曜日の夜のことである。

あくる日、大学に行った謙二は友田と同じ講義を受け、なんとなく昼食をともにすることになった。郷里に帰ることなどを話したあと、

「ところで、まだおれはこの前のおまえのことばにこだわりを感じている。洋子と結婚しないんならいい、とはどういうわけだ」

努めてさりげなく問うた。

友田は首を振った。

「いや、なんでもないよ。おまえたちの結びつきが簡単過ぎたからさ。しかも、あっという間に、同棲した。そういう子は、ま、正直なところ、あまり芳しくないというのがおれの感想さ」

「それだけか？　おまえ、洋子の行状を何か知っているんじゃないか？」

「いや、知らないよ。おかしいぞ。便宜上卒業まで同棲しているんなら、そんなことはどうでもいいじゃないか？　それとも、そうじゃないのか？」

「何か知っているのか？」

「心配か？」

「それはそうさ。とにかく、現在はおれの女だからな」

「情が移ったのか？　ずるずるべったりとなって一生いっしょに暮らす。男と女の間ではよくあるケースらしいな。それより、おまえはおれが言ったことを、洋子さんに言っただろう？」

「言ったよ」

「図書館の前で出会って、呼びとめられて、問いつめられたよ。困るなあ。男同士の話を女にしてもらっちゃ」

「おまえがはっきり言わないからさ。で、どう答えた？」

「逃げたさ。うっかり心にもないことを口走ったことにして、あやまった。思ったよりも気が強い子だな」

「そりゃそうさ。しかし、〝口走ったことにして〟とはどういう意味だ？　うっかり口走ったのは心にもあることなんだ？」

「さっき言った通りだよ。もうやめてくれ。両方から責められたんじゃ、何もしゃべれなくなる」

「わかった。もう言わない」

学部の前で別れるとき、友田は、

「で、土曜の朝発っていつ帰るんだい？」

と訊いてきた。

「日曜の夜には帰って来る」

謙二は予定通りに答えた。

その予定通りに、謙二は土曜の朝東京駅を発ち、日曜の夜の十一時過ぎに洋子のいるアパートにもどってきた。

寝巻きに着がえてお茶を呑むために座った謙二の横に寄り添った洋子は、

「昨日の夕方、松原さんが来たの」

と言った。

「ほう。よく、このアパートを知っていたな」

「そうなの。それがふしぎなのよ。ぜったい、知らないはずなのに。そのうえ、テニス・クラブの人たちにもこの住所は言っていないのに」

「しかし、共通の知人がいるだろう?」

「テニス以外にはいないわ」

「おかしいな」

「しかも、あなたと同棲していることも、昨日はあなたがいないことも、ちゃんと知っていたわ」

「それはミステリーだ」

「あなた、田舎に帰ることをだれに言った?」

「うーん。言ったのは、そうだ。金曜日に友田に会った。食事をした。そのときに言った。それだけだ」

洋子は座り直して謙二のほうを向き、膝に手をかけてきた。

「ね、友田さんは松原さんを知っているんじゃない?」

「さあ、その点はわからない」

「友田さんの出身は?」

「静岡だ」

「それよ」

洋子の声ははずんだ。

「松原さんも静岡よ。静岡の静岡市よ」

「友田もそうじゃないかな」

「きっとそうよ。知っているんだわ。だからこの前も、あたしのことをああ言ったんだわ。あたしの悪口を松原さんから聞いているんだわ」

「よし。あした、たしかめてみよう。高校の先輩後輩かも知れない。それで、やって来て、会ったのかい？」

「ええ」

洋子はうなずいた。

「夕方、窓やドアを開けてお掃除をしていると、やって来たの。すこし呑んでいるようだったわ。しつこく、帰らないの。部屋に入れることはできないわ。廊下では人に聞かれるし、アパートを出て、ちょっと歩いて、道で立ち話をしたの」

「よりをもどそうと言っていたのか？」

「ええ、涙を浮かべたりあたまを下げたりしているうちはよかったわ。そのうち、歯の浮くようなことをしゃべりながら、あたしに抱きつこうとするの。突き飛ばしたわ。手首に直接触られたときは、気味が悪くてぞっとしちゃった。結婚してもいい。いや、結婚してくれ、と言うの。母親の反対なんか押し切る、と言うの。たとえほんとうでも、もうわたしには関係ないわ。思い切りたたきたかったけど、もう他人だもの、そんなことは出来ない。天地が引っくり返ってもよりをもどす気はないことをはっきりと言って、そのまま部屋にもどってきたの。するとまた追いかけてきて、ドアをノックしたり哀れっぽい声を出したりしていたわ。ほかの部屋の人の耳が気になったけど、がまんして知らん顔していたの。三十分ぐらいして、去って行ったわ。まったくあきれた人。あんな人を好きになっていたかと思うと、自分が情けなくなっちゃった」

「おれといっしょに住んでいることは知っていたんだろう?」

「もちろん、そうよ。しかも、あなたがいないことを知ってやって来たんだから」

やがてふとんのなかで抱き合って前戯に入りながら、謙二はささやいた。

「しかし、なんと言ってもかつて親しんだ男だ。もう一度ぐらい抱かれてみたい、という気は生じたんじゃないか?」

洋子は首を振った。

「とんでもない。全然。女は男とちがうの。ほんとうに、顔を見るのもいやなんだから」

愛撫の手がこまやかになった。

「今のあたしはこれだけ。あなた以外の男なんか、考えられないわ」

「しかし、ここがおぼえているんじゃないかい?」

「ちがうの。男の人はよくそういうことを言うけど、あなたとこうなって、あたしのからだはまったくちがう女になったのよ」

洋子はいつもより情熱的であった。

あくる朝、二人は連れ立って部屋を出た。とっている講義のはじまる時刻が同じなのである。学部がちがうので正門を入ってすぐ左右に別れる。

「友田さんにたしかめて。もしそうだったら、きつく言って」

「わかっている」

「きょう、どこかへ寄るの？」

「いや、まっすぐに帰る」

謙二が友田に会ったのは、午後の最初の講義のあとであった。

「話があるんだ」

謙二は友田を学部前の植え込みのなかのベンチに座らせた。

自分も並んで座り、

「松原という男を知っているだろう？」

と言った。

「ほう」

友田は謙二を見た。

「おまえも知っているのか？」

「松原は、おまえの先輩か？」

「ああ。高校のな」

「おれが叔母を見舞いに田舎に帰ることを、その男に言ったな？」

「言った」

友田はにやついた。

「もちろん。おまえはようやく知ったというわけか。現場を押さえ、洋子さんは白状したわけだな」

「いけないいというより、余計なことだ。おまえがこの前、洋子のことを批判したのは、松原とのいきさつのためだろう？」

からかう表情である。

「いけないかい？」

「なんだと？　なんの現場だ！」

「へへへへ。かくさなくていいよ」

「洋子はその男との過去を、おれとの最初の夜におれに報告しているんだ」

「へえ、それは知らなかったな。なるほど、おまえは理解があるわけだ」

「過去は過去にしか過ぎん」

「おれは松原さんにくわしい話を聞いているんだ」

「親しいんなら、もう二度と洋子の前にあらわれるな、と伝えてくれ」

「なるほど、今ごろになって独占したくなったのか？」

「洋子がそう言っているんだ」

「それはおかしいな。洋子さんは松原さんにはそう言っていないはずだ。土曜の夜だって、おれはまだ松原さんに結果は聞いていないが、歓迎されたはずだ。久しぶりに朝までいっしょにいることが出来ると、松原さんはよろこんでいたんだからな。洋子さんが同棲をはじめてからはちょいの間だけだったらしいからな」

「おまえ」

　謙二は立って友田の顔を正面から見た。友田はなおもにやついている。

「洋子とその男とはまだつづいていると言うのか？」

「おれは松原さんからそう聞いている。だから、そんな女と結婚しちゃまずいだろう、と言ったんだ」

「とんでもない話だ。洋子はおれと親しくなるはるか前に、その男とはきっぱりと縁を切っている」

「羽生洋子はそう言うのかい？」

「そうだ」

「なるほど、これはおもしろいや。おれはそうは聞いていない。あの二人は、たがいに別の結婚をしても一生交際をつづける、ということになっているはずだ」

「松原がそう言うのか？」

「そうよ」

「おまえは、洋子がおれと親しくなってから松原といっしょにいるところをおまえ自身の目で見たことがあるのか？」

「それは……ないな。しかし、松原さんがおれに嘘をつくはずはない。その必要もない。また、おれも嘘だとは思わないね。ふーん。おまえはやはり、ほんとうのことは知らないんだな」

「向こうを信じる根拠はなんだ？」

「おまえと関係が出来たあと洋子さんが松原さんに会っていないんなら、どうして松原さんはおまえのことを知っているんだ？」

「おれたちの住むアパートを教えたのは、おまえだろう？」

「それはそうだけど、そんな小さなことじゃない」

友田は首を振った。

「あの人は、おまえのセックスについて洋子さんから聞いて知っているんだ。へへへへ、洋子さんはベッドのなかで、おまえとのことをいろいろしゃべるらしいよ。おまえと関係してから会っている証拠じゃないか」

「ほう。これは初耳だ」

謙二は洋子を信じている。

(こいつが嘘を言ってるのか？ いや、この調子じゃ、こいつは松原からそう聞いているんだ。とすると、松原が見栄でこいつに嘘を言っていることになる。とんでもない野郎だ)

謙二は声をひそめた。

「おもしろい。それを、おまえは聞いたんだろう？」

「そうさ」

友田はさらににやにやして謙二を見た。

「だから、おれはおまえの興奮状態のサイズや、マナーやテクニックを全部知っている。松原さんはな、酔うといろんなことをしゃべってくれる。あの人、洋子さんからおまえのことを聞くのを楽しみの一つにしているんだぞ。どうやら、洋子さんも楽しんで報告しているらしい。だからおれは、結婚するのはよせ、と言ったんだ」

謙二はふたたび友田の横に腰かけた。

「いよいよおもしろい。さあ、おまえが聞いたおれのサイズや方法を聞こうじゃないか？」

「いいのかい？」

「いいとも」

「それより、帰って羽生洋子を問いつめたらどうかい？　この前おれが彼女にとっちめられたのは、おれがおしゃべりし過ぎたからなんだから」

「洋子はそういうことばでおまえに文句を言ったのか？」

「ことばはちがっていても察しはつくよ。彼女は、おれが松原さんと親しいことを知っているはずだからな」

「待てよ。おい、おまえと洋子との会話で、松原の名が直接出たことはあるのか？」

「それはないよ。しかし、おまえの友達に自分の後輩のおれがいることを、松原さんは寝物語に洋子さんに言っているはずだ」

「あの子は、おまえと松原の結びつきを知らなかった」

「そうかなあ、ま、それはそれとしても、とにかくおまえのことはなんでも言っているんだぞ」

「それを言ってみろ」

「はずかしがらないのか？」

「松原のでっち上げにきまっている。事実じゃないんだ。はずかしがる必要はない、言えよ」

「よし。おまえがあくまでそううぬぼれるんなら言ってやる。そのかわり、ビールをおごれ」

「よかろう」

二人はつぎの講義をサボタージュすることにして、大学正門を出た。

裏通りの赤提灯に入る。ここは正午前から営業している。昼食事には定食を出し、そのあとは、昼から呑みたくなった学生のために酒を出すのである。マンモス大学だから、そういう学生もかなりいる。店の名も「昼行灯《ひるあんどん》」だ。

隅のテーブルに向き合って腰かけ、謙二はさっそくビールを注文した。

ビールが運ばれて来て、二人は乾杯した。

「ああ、うめえ。講義をサボって呑むビールの味は格別だ。人の女と密通する間男の心理に似ている」

友田はそう言った。

「さあ、言えよ」

「よし、言ってやろう。女のおそろしさがわかるだろう。あの子、あんな可愛い顔をしてすごいことを言うんだからな」

松原が洋子のからだをくわしく知っているのは当然である。それを友田に得意になってしゃべったのなら、話はわかる。

謙二自身のからだや方法を知っていると言うのだから、奇っ怪である。

もし一致していたら、友田の言っていることが正しいことになる。

「それは、おまえが言えばすぐにわかる」

「おれにおこるなよ。おこるんなら、洋子さんにおこれ。ま、おまえもそろそろあたらしい女と交換したほうがいいだろう」

「前口上はそれくらいでいい」

「個条書きするか」

「どうでもいい。データを並べろ」

「おまえ、洋子さんがおまえのサイズを巻き尺で測ったことがあるだろう？」

ない。なぞって、

「――くらいね」

と言ったことはあるが、じっさいに測ったことはない。

「ほう。そう言うのか」

「そうよ。それも、松原さんにはっきりと言うために測ったんだ」

「なるほど、それで？」

第一の条項で、まず事実に反している。やはり謙二はほっとした。

「はずかしがるなよ。いいか、おれは聞いたことを言うだけなんだからな」

「わかっている」

「おまえの長さは、太さは」

友田は数字を言った。謙二はあっけにとられた。低過ぎるのである。

「なるほど、そういうわけか」

謙二はビールを呑み干し、あたらしく注いだ。ビールはなくなった。二本目を追加注文する。

「どうだい？」

友田の目にはあわれみがこもる。それはそうだろう。松原のことばを信じている友田としては無理もない。

「つぎは？」

「前戯の問題だ。おまえ、ほとんど前戯なしに結合するらしいな」

「ほう、なるほど」

「そして、持続時間は五分。早いときは一分足らず」

「どんどん言ってくれ」

「しかも、動きはぎこちなく、女の性感にかまわず、自分一人走ってしまう。あっという間に大声でわめいておわってしまう。おわると、背中を向けて眠ってしまう」

「最低だね」

「へへへへ。虚勢は張らなくていい。回数は週に一回と言うじゃないか。これじゃ、洋子さんが松原さんとの仲をつづけるのも、無理はないよ。女を貞淑にさせるためには、おまえ自身が心を入れ替えねばならんぞ」

「そのほかに？」

「なめさせるだけでなめたことはないそうじゃないか」

「なるほど。そう言っているわけか」

「とにかくおまえは自分勝手なんだよ。生理のときでもかまわないんだって？」

「へえ、すごいもんだな」

「正常位しか知らないそうだな？」

「なるほど」

「松原さんのことをしつこくくり返し何回も言わせるそうじゃないか？」

すこしは一致する個条があってもふしぎではない。ところが、何もかもはずれているのである。

どうやら松原は、自分のつくりごとを友田に信じさせるためにしゃべっているのではないようだ。謙二を卑小化することによってみずから快感をおぼえていたのであろう。

「それから？」

「ま、だいたいそういうところだ。さあ、腹を立てるより、これから心を入れ替えて勉強するなりしろよ。サイズはどうしようもなくても、テクニックと思いやりで女をよろこばせることが出来るんだ。自分勝手が一番よくない」

「じゃ、なぜ、洋子はおれと同棲したんだ」

「おまえが頼み込んだからじゃないか、それはおまえが一番よく知っているはずだ。洋子さんとしては、経済的な理由がある。おまえは男としてではなく、生活費を分担する相手として利用されているだけなんだ。週に一回だけ目をつむっていればいいんだから、女としてはそう苦痛じゃない」

「いいか?」

謙二は三本目のビールを友田のグラスに注いでやった。

「おまえが言ったことは全部、事実に反している」

「へえ、まさか」

「安心したよ。あまりにかけ離れているんだ。いっぺんでつくりごとということがわかった。洋子が松原の歓心を買うためにでたらめを言ったという推理も出来るが、それはあり得ないね。全部ちがうんだからな。さて、おまえが嘘を言っているんじゃないとしたら、そんな人の名誉を傷つけるようなことをしゃべっている松原におれは会わなきゃいけない」

「対決すると言うのか?」

「そうよ」

「それより、洋子さんを問いつめろよ。ま、おれの前だ、かっこうをつけなくていい」

「いいから、さあ、松原の会社に電話しろ、会おうじゃないか。やつはおれに会う義務がある」

謙二は友田をせき立てて電話をかけさせた。友田は、

「ほんとうに虚勢じゃないだろうな。にっちもさっちも行かなくなっても、おれは知らんぞ」

と言いながら、友田はダイヤルをまわした。謙二はそのすぐうしろに立つ。

「総務課の松原さんをお願いします。はい、高校の後輩の友田と言います」

松原はいた。

「やあ、先輩、この前はご馳走さんでした。あの店、いいですね。あいかわらずモテるんですね。もう一度連れて行ってください」

「……………」

「お願いします。ところで、土曜日はどうでした？　長井謙二のやつ、やはりいなかったでしょう？」

「……………」

「へえ、やっぱりね。それで、久しぶりに朝まで？　へへへへ、楽しみでしたね。知らせたぼくの功績を買ってくださいよ。それで、今度はいつ会うんです？　ま、そうですね、先輩は多いから。あやかりたいもんです」

「……………」

「え？　それはもったいない。いいからだをしているんでしょう？　別れる理由はないじゃありませんか？　長井は全然知らないんだし」

「……………」

「あきが来た？　先輩は移り気だからなあ。それで、もう会わないんですか？　それをあの子には宣告しました？　まだ？　きっとあの子は承知しませんよ」

そんなことをしゃべりつづけた友田は、やがてそのまま電話を切った。

「会わせないのか？」

「いやだよ。会いたいなら、洋子さんに連れて行ってもらえ。おれは松原さんに憎まれるまねはしたくないんだ」

二人は席にもどった。

「松原さん、もうあきたから別れるんだってさ」

「復活する見込みがまったくないと、土曜日に思い知ったんだ」

「土曜日はおまえの部屋に泊まったそうだ」

「やれやれ」

アパートに帰ると、洋子はエプロンをして台所に立っていた。謙二は友田との会話や友田が松原に電話したことを話した。

洋子はあっけにとられていたが、謙二のベッドのマナーなどを松原がどう言ったのかと聞いているうちに笑い出した。

「あなたを侮辱することで自慰的なよろこびを味わっていたのね。あきれかえったわ」

「しかし、友田は松原の方を信じている」

「あなたは？」

「おれはきみを信じるよ」

「電話で呼びましょうか？　かならず来るでしょう。あなたがまた田舎に帰ったことにして、あたしの気が変わったことにして」

「そうしよう」

「あたし、あいつの家の電話番号、忘れちゃったわ」

古い手帳をさがし出した洋子は、それを見ながら松原に電話した。

直接松原が出たようである。

「あら、松原さん、あたし、洋子。土曜日はごめんなさい。ほんとうはあたし、部屋に入ってもらいたかったの。ね、これから来て。今夜、彼はいないの。また急用で田舎へ行ったの」

話はすぐにまとまった。二つ返事で松原はＯＫしたのである。

電話を切った洋子は謙二に抱きつき、

「すぐ来るって。こんなこといやだけど、しかたがないわ。さあ、友田さんに電話して。友田さんにも来てもらいましょう」

この子と結婚することになるだろうな。洋子を抱きながら謙二はそう思った。

浪人の夏

あの夏はぼくが高校を出た年であった。炎天の下、畠に出て鍬《くわ》を振っていると、駅からの道を石田寛作《いしだかんさく》のやって来るのが見えた。

ぼくは鍬をおっぽり出し、腰に下げたタオルで顔や首筋の汗を拭いながら、道へと歩いた。石田もそのぼくに気づき、畦道《あぜみち》に足を踏み入れてきた。

「やっとるのう」

「ノルマを自分に課しとるんじゃ、このあと、昼寝よ」

「耳よりのニュースがある。あした、わが錦城《きんじょう》高校の名花たちが、総勢およそ十人、内田美代《うちだみよ》先生に連れられて、白井《しらい》が浜《はま》に海水浴に行く」

「ほう」

当然、ぼくは目をかがやかした。

「たしかに、耳よりのニュースだ。さすがガラッ八の寛、聞き込みが早い。しかし、おまえの名花とおれの名花とは、いささかちがっとる。どのような顔触れだ？」

「桜田洋子《さくらだようこ》、松原周子《まつばらしゆうこ》、三好紀子《みよしのりこ》、広川由紀《ひろかわゆき》、島崎英子《しまざきえいこ》、エトセトラ、エトセトラ。どうじゃ、文句があるか？」

あのころ、ぼくが惚れ抜いていたのは桜田洋子であった。そして周子も紀子も、洋子と同じ

く可愛らしい文芸部の少女たちだ。卒業のときぼくをして文芸部の部室の黒板に、

わが想ふ少女も窓の落書も
そのままにして去るべかりけり

と書かしめたその少女たちである。

「いや、文句はない。そうか、あの子たちが白井が浜に行くか」

「しかも、内田美代先生が引率して行く」

あわれにもおろかにも、石田寛作は一学年下のそれらの乙女たちにではなく、妖艶《ようえん》な内田美代先生に熱中しているのである。

「そうか、そうか」

うなずくぼくに石田はつづけた。

「彼女たちは白井が浜に一泊する」

「ほう。で、宿は？」

バンガローも旅館もない小さな海水浴場である。昭和二十五年、まだ夏の海でゆっくりとバカンスを楽しむ余裕は、一般にはなかった。海水浴客たちのほとんどは、日帰りである。

「そこまではわからん。テントを張るのか、松林付近の農家に泊まることにしているのか。とにかく、一泊する。洋子が加わっとると聞いて、こうしておれはおまえに知らせに駆けつけて来たんじゃ」

「讃えられるべき友情だ」

なあに、寛作は一人で行動を起こすよりも仲間がいたほうが心強いのである。

「どうする？」

「万難を排して、行かなければなるまい」

「二人で行くか？」

「辺見力也《へんみりきや》を誘おう。あいつはついに広川由紀の心の扉をたたく勇気もなく、大学へと去って行った。あれから四カ月、まだ忘れる努力が実っているとは思えん」

「おお、あいつならいい。よし、決めた。この三人で行こう」

鍬をかつぎ石田を連れて、ぼくはわが家に帰った。隣の農家から借りている古ぼけた家である。ぼくが鍬を振っていた畠は、これは他の農家から借りている土地だ。

半身不随の父は、涼しい場所に座ってラジオを聞きながらみずからの膝をもんでいた。

ぼくが大学にも進まず就職もしないで家にいることは、父が二月に本家の法事に行って脳溢血で倒れたせいではない。それは口実であった。

最初から進学するだけの経済的な余裕はなかった。就職するには自尊心が許さなかった。職種が限定されているのである。去就を決めかねているうちに父が倒れ、卒業を迎えたのである。父とぼくと二人だけがこの家に住んでいる。病床の父を看病するのが僕の役目になり、ぼくは浪人する大義名分を得たわけである。

石田が進学も就職もしないでぶらついている理由も、同じく経済的理由と自尊心の問題であった。ぼくや石田にかぎらない。六十人のクラスメートのうち二十人ほどがそうであった。五月に朝鮮動乱が勃発した。そのためやがて日本は特需景気に沸くわけだが、まだその波は生じていない。高校卒業者の就職難の時代でもあった。

石田は父に挨拶し、

「気分はいかがですか？」

といたわった。

父はうなずき、

「だんだん、ようなってはいる、もう便所に一人で行ける」

と答えた。そのことばは、ぼくには理解出来る。石田には通じない。ろれつがまわらないのである。石田は困った顔をし、ぼくは通訳した。

そのあとぼくは昼食の用意をした。父の食事は別につくらなければならない。それを、食べさせねばならない。あした白井が浜に行くとして、問題は父の世話にあった。ようやく杖をついて歩ける程度で右手不自由の父は、だれかに世話されなければならないのである。

食後、板張りの部屋に寝ころがって、ぼくと石田はそのことについて相談した。

「あしたの昼からあさっての夕方まで、だれかに来てもらわなきゃならない。さもないと、おれは泊まることは出来んのだ」

「弱気を言うな。桜田洋子が来るんだぞ。なんとかしろ。だれか、近所のおばさんはいないのか？」

「いない。お礼を出すことは出来んからな。報酬なしで働いてくれる物好きは、この辺にはいないよ」

「安部美津《あべみつ》は、ときどき見舞いに来ているそうじゃないか」

同じこの町に住む少女である。ぼくたちと同学年で、卒業後は雑貨店である家の手伝いをしている。ぼくに母がいないと同様、美津には父親がいない。母親は商品の仕入れ等で忙しく、美津が店番と幼い弟妹たちの面倒を見ているのである。親密さから言うと、ぼくにもっとも近い子だ。石田もそれを知っている。

「しかし、あの子は多忙だ」

「一日ぐらい、なんとかしてもらえよ。つきっきりでなくていいんだ。食事の世話だけでいいんだろう?」

「それはそうだが……」

「チャンスは二度とないんだぞ」

石田はぼくをそそのかす。

「のっぴきならぬ用で頼むんならともかく、こっちは他の女の子を口説きに行くんだからなあ」

「人生、利用出来るものは利用しなきゃ。とにかく頼むだけ頼んでみろ」

石田は石田自身のためにぼくを説得しようとしているのだ。

ついにぼくは石田の説得を容《い》れ、ぼくたちは安部美津の家へ行った。

小さな店である。雑貨やちょっとした食料品や駄菓子が並んでいる。暑い日の午後で客はなく、美津は店の奥で店番をしながら岩波《いわなみ》文庫を読んでいた。

二人が入って行くと顔を上げてにっこり笑った美津は、

「あら、お揃いでめずらしい」

と言った。

ぼくたちは氷の冷蔵庫に入っていたラムネをご馳走になった。美津もまた、家庭の事情で向学心を断念した一人である。もっとも、あのころはまだ、女子の進学はそう多くはなかった。

ラムネを呑みながら、石田が用件を切り出した。

「じつはおれとこの野原一郎《のはらいちろう》は、あしたの朝博多《はかた》に行かなきゃいかん。博多で文芸講演会がある。それを聞きに行くんだ」

用意の嘘を石田は並べ立てはじめた。嘘をつくことの苦手なぼくは、美津の顔を見得なかった。

「それであしたの昼、夕方、あさっての朝、それからあさっての昼、野原のおやじの食事の面倒を見に行ってくれないか？　きみが承知してくれたら、野原は後顧の憂いなく行くことが出来る」

石田はぼくの腹をつついた。

「こら、おまえも頼まんか」

「ああ、頼む、食事のとき、三十分ぐらいでいいんだ。今度の講演には戦後派の××が来る。どうしても聞きに行きたい」

「いいわ」

案ずるより産むが易し、あっさりと美津は承知した。

「あしたの昼からあさっての昼までね。いいわ。うちで作って、持って行って食べていただくわ、お気に入るかどうかわからないけれど」

「病人用の、消化のよいものじゃなきゃいけないいんだ」

「知っています」

「食べさせてくれるかい？」

「ええ、馴れているわ。父の病気が重くなってから、食事の世話はあたしの役目だったんですから」

「すまない」

ぼくは美津にあたまを下げた。


すでに辺見も夏休みで帰省している。石田が話を持って行くと、大よろこびであった。

志望の大学に入学出来た辺見は、もう恋などは捨ててもよいはずである。何もしないでいわゆる「青春の彷徨《ほうこう》」状態にあるぼくと石田が辺見の恋に協力する理由はない。

けれどもそこは友達である。辺見が大学生に出世したからといって仲間はずれにするような狭量なまねはしたくなかった。

ぼくたちが白井駅で落ち合ったのは朝の十時ちょうどであった。さっそく海水浴場行きのバスに乗る。

バスは満員であった。

「ほんとうに来るんだろうな？」

「信用しろ、おまえたちをかつぐだけなら、おれはこうして来ないわい」

「おまえ、だれから聞いたんだ？」

「よし、教えてやろう」

石田は辺見の耳に口をつけてささやいた。辺見は目をみはって「ほう」と言った。

つづいて石田は、ぼくの耳に口をつけた。なまあたたかい息がかかる。

「いいか、よく聞け。こっそりとおれに教えてくれたのは、内田美代先生なんだ。先生はおれに、あなたもだれか親しい人を連れていらっしゃい。生徒たちには偶然ということにするわ。そう言ってくれた」

ぼくも目を丸くした。

三十分後、バスは白井が浜の松原の端に着いた。

松原はすぐに林につづく。林の中にわらぶきの農家が点在している。

松原に入ったぼくたちは、浜辺や海の中で戯れている海水浴客たちの群れを眺めた。

「あの中に、いるのか？」

「いや、まだ来ていないだろう」

適当な場所をさがす。そこに用意のゴザを敷いた。まだビニールなどの存在しなかった時代である。

さっそく海水パンツ姿になる。身だしなみのよい辺見は、最初からパンツの下に海水パンツを身につけていた。ぼくと石田は、人のいない奥に行って、そこで着がえた。

盗まれるような物は持って来ていない。ぼくたちはすぐに浜へ走り、準備体操をして海に入った。

泳いだり砂に寝ころんだりしているうちに人数は増え、やがて十二時になったので弁当を食べることにした。

辺見の弁当は豪華であった。やさしい母親の心尽くしの巻き寿司である。重箱に、玉子焼きやカマボコの煮付けが入っていた。

「やはり、ブルジョワはちがうのう。この分じゃ、晩めしにも間に合う」

ぼくは父を思った。美津は待ってくれていることだろう。だましているといううしろめたさが、胸を嚙んだ。

「さて、食べおわったら、近所の農家を当たってみよう、泊めてくれるかどうか」

もちろん、民宿などというシャレたまねを農民や漁民が知っている時代ではない。素朴な人情に、若者らしい率直さで訴えるのである。

話をしていると、ふいに石田がゆっくりと食べていた巻き寿司を口にほうり込んで叫んだ。

「来たぞ」

ぼくと辺見は石田の視線をたどる。

松林を縫って、少女たちの一団がこっちへ向かって来る。周囲の目を集めるはなやかな一団であった。中央に、美代先生がいる。周子がいる。紀子がいる。由紀がいる。英子がいる。そして、桜田洋子もいた。

「さあ」

すぐ石田はぼくたちをふり返った。

「こっちに来る。知らぬ顔をしていようぜ。彼女たちにおれたちをみつけさせるんだ」

「うん、そうしなきゃ」

ぼくたちはグループに気づかぬふりをよそおって、食事をつづけた。何しろ辺見の豪華な重箱が三つもあるので、いばったものである。

石田が低い声で言った。

「だれがだれをみつけるか、まずそれが問題だぞ」

うれしそうな声である。

美代先生に夢中になっているとはいえ、他の少女たちにも十分色気はあるのだ。年上好みを標榜《ひょうぼう》しているわけではない。

話し声が近づいた。周子が、

「あっちがいいわ」

と言っている。紀子の笑う声が聞こえた。ぼくは玉子焼きを口に入れる。

「あら、辺見さん」

島崎英子の声である。

辺見が顔を上げた。つづいておもむろに、ぼくたちは彼女たちをかえりみた。

美代先生を中心に、少女たちの一団がぼくたちを見下ろしていた。

「あら、野原さんも」

「石田さん、泳げるの？」

ぼくたちは立った。まず、美代先生にあたまを下げ、つづいて少女たちを見まわした。

「大挙して、どういうことだい？」

「遊びに来たのよ」

美代先生が進み出た。

「野原さん、辺見さん、しばらく」

石田の名を出さないのは、「しばらく」と言えないからであろう。

「日帰りですか？」

「いいえ、今夜は泊まるの」

「どこに？」

「適当なところにキャンプしようと思っているの」

「へえ、女だけでねえ。何人です？」

「全部で七人」

「テントを張るのを手伝いましょう」

「お願い。それじゃ、あとでね」

少女たちが場所をさがして南へ去ったあと、石田は辺見の肩をたたいた。

「どうだ？　広川由紀がいただろう？　うしろにいて、あの可愛い目でおまえをみつめていた」

「嘘をつけ」

純情な辺見はあかくなった。こいつ、大学生になりながら、女を抱きに連れて行ってくれる先輩にめぐり会っていないと見える。それとも、由紀への思慕の情がそのような破廉恥な所業をつつしませているのか。

ぼくは洋子を見た。

ぼくと目が合うと、洋子はすぐに視線をそらせて横の英子に、

「お腹が空いたわね」

と言ったものである。洋子らしいお茶目ぶりである。

そこでとっさにそのことばをとらえて、

「食べていいよ」

と言うべきところであろう。しかし洋子だけを特別待遇するのは許されない。七人すべてに提供できるほどの量ではない。

適当なことばがみつからないまま、ぼくたちはそのことばを聞かぬ体《てい》をよそおったのである。

食後、ぼくたちは松林の裏の農家に行った。庭の広い農家ばかりである。

「かたっぱしから当たってみよう」

まず、庭にもっとも多くの花の咲きこぼれている家に入って行く。玄関に立って案内を乞う。エプロンをかけてあらわれたのは、いかにも新妻という感じの若い女であった。ぼくたちは幸運であった。ぼくたちの要請を聞いた彼女はすぐに奥に行ってこの家の権力者であるじいさまに取り次ぎ、出て来たじいさまがまた良い人で無条件に承知してくれたのである。

都会には闇市がはびこり強盗団が横行し、戦災からの復興は緒《しょ》についたばかりであったけれども、やはりあのころは古き良き時代でもあった。つまりぼくたちは無料でその農家の一室に宿泊することを許されたのだ。ぼくたちが伝統ある旧藩学錦城高校を卒業したばかりの少年であることが、じいさまや新妻にとって決定的だったようだ。

宿舎を確保してぼくたちは勇気百倍、さっそく荷物を部屋に運び込んだ。うら若き新妻は、これもじいさまの指図によって、井戸に冷えていた西瓜を切ってもてなしてくれた。

西瓜を食べたぼくたちは、休む間もなく浜に出た。

美代先生を中心にした少女たちは、水着姿になって波打ち際で戯れ合っていた。彼女たちの水着姿を見るのははじめてである。肉付きの良い子もいれば、やせた子もいた。肉付きの良い子は、おおむね豊満な乳房をしていた。当然、ぼくたちには眩しい。

けれども、ぼくたちは勇気を奮って近づいて行った。彼女たちもまた、ぼくたちの接近を嫌う態度を示さなかった。

辺見は広川由紀に話しかける。試験の答案をまとめるときは要領のよい辺見も、異性に関してはまったくだらしなく、そのぎこちなさは目をおおいたくなるばかりであった。そういうぼくにしても、器用ではない。洋子の顔をまともに見ることも出来ず、冗談を言ってごまかすだけであった。

ひとり石田だけが、勇敢に美代先生にふざけかかり、二人で競泳したりしはじめた。しかしともあれ夕方まで、ぼくたちは彼女たちと海で遊び松林のなかで話をし、楽しい半日を過ごした。

ぼくたちが農家の一室を借りたということを聞いた彼女たちは、

「じゃ、あたしたちも」

と言って、何人かが代表して交渉に行った。けれども三十分ほどして、成果なく帰ってきた。すでにどの農家も空き部屋がなかったのである。

がっかりしている彼女たちに、石田が言った。

「じゃ、おれたちの借りた部屋を提供しようか？　なあに、おれたちはテントで寝てもいいんだ」

古来、男は女のために犬馬《けんば》の労を厭わぬもので、石田は男のその本能を発揮したわけである。ぼくたち三人と彼女たち七人は、そこで場所を交替した。農家のじいさまと新妻は、びっくりしながらもその交換を容認した。

しだいに浜の人が疎らになり、太陽は沈んだ。待っていた夜である。テントの外でぼくたちは情報を交換し合った。

「おれは」

と辺見は言った。

「由紀とあそこの小屋の前で会うことになった」

不器用なくせに、涙ぐましい努力をして約束を取りつけたのである。

「おれも」

と石田が言った。

「場所は言えないが、美代先生と二人だけで散歩することにした」

二人はだまっているぼくを見た。

「おまえはどうなんだ？」

「ことわられたよ」

恥を忍んでぼくは告白した。

「やっぱり」

二人は同情の目でぼくを見た。

「もう、洋子はあきらめろ。あの子はまだこどもなんだ。おまえと恋を語るよりも、友達同士でトランプをするほうが楽しいんだ。あと一年ぐらい待たなきゃいかんし。まだまだ、色気より食い気なんだ」

「おれも、水着姿のあの子を見て、そう思ったよ。胸もまだぺしゃんこだ。小学生の男の子と水のかけっこをしてよろこんでいた」

「それより、松原周子を誘え。松原周子なら、だいじょうぶだ。色気をもてあましている感じだし、おまえを見るときの目に情がこもっている。あの子はおまえに惚れとるぞ」

石田のその勧めに、辺見も同意した。

「おれもそう感じていたんだ。たしかに、周子はおまえに気がある。今夜を楽しむためには、かなわぬ恋に歎くより、手っ取り早い花を折ったほうがよい」

「なんなら、おれが交渉に行ってやろうか。向こうは七人だ。三人ぐらい、一時間や二時間いなくても、けっこうトランプで楽しんでいるさ」

ぼくは周子の豊満な胸と濡れた目を思い出していた。

「うん、周子も悪くないな。誘ってみるか。出て来るんなら、会ってもいい」

「よし、交渉してくる」

出て行った石田はすぐにもどって来た。

「OKだぞ。北斗七星が全部はっきりと見え出したころ、周子はここに訪ねて来る。そのときは、もうおれも辺見もいないからな。うまくやれよ」

「おまえ、みんなの前で申し込んだのか？」

「いやいや、ちょうど工合よく、あの子が一人で井戸端で洗濯していたんだ。おれのにらんだ目に狂いはない。目をかがやかせてうなずいた。おい野原、かいなき恋に悩むより手近な美酒を汲むほうがいいぞ」

　右手はるかに海へ突き出した岩山がたそがれのなかに消えるころ、石田と辺見は相前後して出て行った。

　ぼくは石田のことばを嚙みしめる。

　たしかに、まだ童女の洋子の心を得ても、せいぜい手を握るくらいなものだろう。しかも今の段階では、それすらもおぼつかない。

　それよりも、周子にはなまなましい期待が持てる。恋よりも欲望が重要ではないか。

　二人が出て行くと、急に林の中は夜になった。空にちりばめられた無数の星が、かがやきを増した。汀に寄せる波の音が、ぼくの期待をふくらませる。

　松の根を枕に寝そべっていると、草を踏む音が聞こえてきた。

　白い影が近づいて来る。

　女だ。

　ぼくは上体を起こし、寄って来た影は三メートルほど手前でたたずんだ。

「野原さん？」

　秘めやかな周子の声である。甘い響きを含んでいる。

「松原さんかい？」

「ええ」

　ぼくは立って周子に歩み寄った。周子はぼくを見上げる。眸《ひとみ》に星の光が宿り、口が半開きになった。

瞬間、まさかいきなりそんなことをしようと思っていたわけではないのに、ぼくは両腕を伸ばして周子の両肩をつかんだ。

半開きになった周子のくちびるがぼくの接吻を待っているような錯覚にとらわれたのである。

無言でぼくは周子を抱き寄せた。抵抗せずに、周子はぼくの胸にくずおれ、その手はぼくの背にまわった。

夢中でぼくは口を周子の口に押しつけた。周子は避けるまねもしなかった。ぼくはその口を吸いはじめる。胸の動悸ははげしかったが、それでも周子の胸の鼓動を聞くだけの余裕はあった。

欲情にまみれたぼくは、そのまま周子をテントのなかに引きずり込みたかったが、それではあまりにも露骨過ぎるので、何回も接吻をくり返してそれが偶発的なものではないことをぼく自身にも彼女にも明確にした上で、

「砂浜を歩こうか」

とささやいた。ぼくの腕のなかで周子はうなずいた。

ぼくたちは松林を出て潮風の吹く砂浜を歩いた。波が白く、波の音は高い。ぼくは周子の肩を抱いたままであった。

「ほんとうは」

と周子は言った。

「洋子さんを誘いたかったんでしょう？」

嘘をつくのは苦手である。しかし、周子のプライドを傷つける発言はいけない。

「いや、最初から、きみに会えると思って来たんだ」

「ふふふ。お上手ね」

「あの子はまだこどもだよ」

「こどもじゃないけど、むじゃきな子だわ。そこを好きなんでしょう？」

ぼくが一年下の洋子に惚れていることは、在学中は有名だったのだ。

「なあに、いい子だから目をかけていただけさ。女としては、はるかにきみのほうが魅力的だ」

「洋子さんは、あたしが強引に誘って連れて来たの」

「ほう」

汀に沿って北へ歩く。石田や辺見はどこへ行ったのか、すれちがうのは知らない男女ばかりであった。

「洋子さんが来ると聞いたら、野原さんはきっと来る。そう思ったの」

「ぼくがそれを聞くとどうしてわかった？」

「内田先生が石田さんに言ったんでしょう？　内田先生に頼んだのもあたし。石田さんは野原さんを誘うにきまっているもの」

「じゃ、ぼくらが来るのを、みんなは知っていたのか？」

「ううん。あたしと先生だけ。あなたたちが卒業してから、あたしはあたしの片思いを先生に告白したの。先生はあたしをあわれんで、チャンスを与えてくれたの。石田さんは先生から言われて、協力してくれたんでしょう」

周子はたたずんだ。

「あたしのような不良、あまり好きじゃないでしょう。部屋に帰って、洋子さんを呼んで来ましょうか」

「いや、きみといたいんだ」

ぼくは向こうからだれかが来るのにかまわず、周子を抱きしめて接吻した。満天の星がかがやいているとはいえ、夜である。すれちがっても顔はさだかには見えない。

さらにぼくたちは北へ歩き、白浜が切れて岩場になった。大きな岩がいくつもころがっている。海にのめり込んでいる岩に波がぶっつかってしぶきを上げている。

その岩蔭にぼくは周子を誘い、周子はこわがらずについて来た。ぼくは周子の手を引いてみちびく。

大きな岩の蔭の平たい岩の上に腰を下ろし、ぼくはあらためて周子を抱いてくちびるを合わせた。

接吻しながら上体を倒す。周子は逆らわずに仰向けになった。左利きのぼくは右腕を周子の枕にし、左手を乳房にあてがった。

「今夜いる六人のなかで、きみのここが一番大きいだろう?」

美代先生はおとなだから除外する。

「大きくて、はずかしいの」

ぼくは乳房をもむ。周子は胸を大きく上下させてうめいた。ぼくはその頬に接吻し、その目を覗き込む。

「だれかと、こうしたことは?」

周子ははげしく首を振った。

「ないわ。ずっと、野原さんを好きだったんだもの」

「ぼくも、きみを好きだ」

「今夜だけでいいの。何も約束してくれなくていいの」

やがて、ぼくの手は周子の胸を這い、下へと移動しはじめた。周子はじっとしている。腿はしだいにあたたかくなった。

秘部をおおっている布に触れて、ぼくは手の動きを停めた。

耳に口を寄せる。

「いい?」

周子はうなずいた。

「野原さんだから、いいの」

かすれた声である。もう周子は観念したように目を閉じてしまっていた。

ぼくの手は動きはじめる。うすい布の上から、ひときわあたたかい部分を押さえ、そっと撫でた。くさむらを感じる。

ふたたび、耳に口を寄せた。

「ぼくは大学にも行けない。就職もしていない。将来の見込みはないんだ」

周子は目を閉じたまま首を振った。

「そんなはずないわ。内田先生も言っていたわ。野原さんも石田さんも、このままこの田舎で埋もれる人ではないって。そのうち、東京へ行くんでしょう？　アルバイトをして、大学に進むんでしょう？　あなたが東京へ行く前に、こうして二人で会いたかったの。洋子さんはあなたに冷た過ぎるわ。そう、こどもね、だから残酷過ぎるところがあるの。一年間、あたしは洋子さんを憎んできたわ。あなたが洋子さんを好きだから、ではないの。洋子さんがあなたに冷たいから」

ぼくはささやいた。

「もう、あの子のことはいいんだ。ぼくは今、きみを欲しい。これから、きみがいればいい」

それは虚言ではなかった。現金なもので、ぼくはいつのまにかそう言う心理になっていたのだ。

「上げるわ」

と周子は言った。

「あたしのからだがあなたの役に立つんなら」

ぼくの手はゴムをくぐった。はじめて触れる女の肢《あし》である。なめらかで、張りつめていた。

くさむらにさしかかる。小さな草原であった。そのはてに、男にあるべきものがなく、急に崖になっていた。周子は本能的にぼくの手を腿にはさんで身悶えし、やるせなさそうな声を上げた。

　ぼくは腕の力を抜き、周子のくちびるを吸った。

「ここ、あたたかい」

「はじめてだから、やさしくしてね」

「ぼくもはじめてだ。ぼくをたしかめるかい？」

「ええ」

　しかし周子はみずからぼくをまさぐることが出来ず、ぼくは一度手を抜いてぼく自身をあらわにし、そこへ周子の手をみちびいた。

「ああ」

　周子は呼吸を震わせ、そっと触れただけだった。握りしめるのがこわいのだ。で、ぼくはその耳に、

「もっと強く」

　と要請した。

　やがて、周囲をうかがって人の気配がないのをたしかめ、波の音のなかでぼくは周子の秘境をおおっているものをはずした。周子は腰を浮かせて協力した。

　ぼくはからだ中を震わせていた。周子をいたわる声も上ずっていた。心臓の響きは大きく早

く、今にも破裂しそうな感じであった。

それでもぼくは順序をまちがえず、的確に進み、何回か試行錯誤をくり返したあと、周子の花園への扉に正面から向かって行った。

それまでまったく素直に協力的であった周子が、ふいにからだをかたくし、肩をねじって逃げようとした。前方に、ぼくは厚い壁を感じた。

ここで逃げられてはならない。この子の意志はぼくを迎えようとしている。逃げようとするのは、意志に逆らった反射的な動きに過ぎないのだ。

自分をはげましたぼくは周子の両肩を抱きしめて一気に進んだ。周子は鋭い声を上げてのけぞろうとした。ぼくはそれを許さなかった。

つぎの瞬間、ぼくは熱い溶岩の締めつけのなかにいた。周子はぼくにしがみついていた。

星が流れ時が飛んだ。

ぼくの腕の中で周子が静かに泣きはじめたのは、ぼくがその髪を撫でて、

「好きだよ。いっそう、好きになった」

と言ったすぐあとからである。

泣きながら周子はぼくにすがりつき、くちびるを求め、

「あたし、後悔はしないわ」

とくり返した。

ぼくが周子を送ってテントに帰ったのは、十時近くであった。周子はみなから疑惑の目で見

られるのを覚悟して長い間ずっとぼくといっしょにいたのである。

テントのなかは蚊取り線香の煙がたちこめ、石田と辺見は下着姿で寝ていた。

ぼくは石田の隣に横たわる。

「遅かったな」

「うむ。可愛い子だ。どうしてあんな可愛い子に、おれは気がつかなかったんだろう？」

「どこまで進んだか？」

「想像にまかせる。おまえはどうだった？」

「とうとう教えてもらったよ。おれは仰向けになって星を眺めていただけだ。立場が逆だが、向こうは経験ある年上だから、しかたがない。おれのものを褒めてくれた。これで自信がついたぞ」

「辺見はどうだったんだ？」

「おとぎ話をしてきたらしい。手も握り合わなかったようだ。ま、恋とは一般にそういうものさ」

それを受けて、眠っていたと思った辺見が口をひらいた。

「あの子は純情なんだ。まじめなんだ。手紙を出したら返事をくれると約束してくれた」

「それじゃ十分じゃないか」

「そうさ。石田のは火遊びで、おれのは恋愛なんだ」

あくる朝、水着姿で浜にあらわれた少女たちを、ぼくたちはそれぞれの感慨を秘めて迎えた。

少女たちははしゃいでいた。美代先生はいつもの通りあでやかで落ち着いていた。周子がいない。

美代先生が寄ってきて、ぼくにささやいた。

「あとで部屋に行って上げなさい。あなたが迎えに行かなきゃ、あの子ははずかしがって水着姿にならないわ」

すべてを知っていることを示すことばである。ぼくは小さくうなずいた。

ころをはかって、ぼくは少女たちを泊めてくれた農家に行った。若い新妻が出て来た。

「昨夜は寒かったでしょう？」

「はい、しかし、だいじょうぶです」

「おじいちゃん、あなたたちを褒めていたわ。お昼ご飯に招待したいんだって。何もないけど、お昼にはいらっしゃい」

「すみません、遠慮なくいただきます」

ぼくは周子が一人残っている部屋に入って行った。周子はワンピース姿で、水着を抱いて座っていたが、ぼくを見るとうしろ向きになって顔をおおった。

ぼくはその背を抱き、髪に頬をすり寄せていった。

「さあ、行こう」

「はずかしいの」

「さあ、お風呂に行って着がえて来るんだ。みなの前でも、普通にふるまえばいい」

その日、ぼくは自分の心の移ろいやすいことにあきれつづけであった。洋子はまったく気にならないのだ。周子のそばに男が近づくと、神経がとがった。その胸や腰を見ると、胸が締めつけられる感じになった。しだいに元気を回復した周子が、紀子や由紀とふざけ合っているのを見ると、昨夜のひとときが夢ではなかったかと不安になった。

夕方、ぼくたちは世話になった農家の新妻とじいさまに礼を言って別れを告げ、少女たちとともにバスに乗った。

駅で、少女たちと別れる。

まっすぐに家に帰ると、病気の父はふとんの上に横たわり、古い扇風機が唸り声を立ててまわっていた。

美津が父の肩をマッサージしていた。

「あら、お帰りなさい」

ぼくを見上げて、にっこりと笑う。その笑顔がまぶしい。

「マッサージまでしてくれているのか。すまない」

「マッサージが一番いいのよ。あなたもときどきして上げなきゃ」

父が美津に何か言った。

美津は、

「そうですか。お父さんがきびしく叱ればいいんですよ」

「……」

「いいえ、ほんとうはやさしい人なの」

　ぼくは目をみはった。ろれつのまわらない父のことばはぼくでもようやく理解出来るくらいなのに、美津はらくに聞きとっているのである。

　ぼくが帰ってもなお美津はマッサージをつづけ、ようやく父のそばを離れると台所に立って夕食の用意をすませたあと、エプロンをはずして父に別れの挨拶をした。

　ぼくは美津を送って出た。

　家からすこし離れてからたたずんだ美津は、ふりかえってぼくを見上げた。

「海、楽しかった？」

　ぼくはうろたえた。

「知っていたのか」

「ううん。顔が真っ黒。講演を聞きに行ったのならこんなに陽にやけないわ」

「申しわけない」

　ぼくは率直にあたまを下げた。

「石田たちと、白井が浜に行ったんだ」

「やっぱり。きのうからきょうにかけて、内田先生が女生徒を連れて行くことは、前から聞いていたわ。洋子さんに会いたかったんでしょう」

「すまん。そうなんだ」

「で、成果はあった？」

「なかった」

「でしょうね。あの子の心をひらくのは、まだ二年は早いのよ。まだねんねだもの」

美津はいたずらっぽい目になった。

「だから、あたしは嫉妬しないの」

そのことばと同時に、美津は身をひるがえして走り出した。ぼくは立ちすくんでその後ろ姿を見送る。

しばらくして速歩になってふり返った美津は、右手を挙げて振った。ぼくの胸は痛み出した。美津は昨夜のことを知らないのだ。知れば、もうぼくにやさしくしないだろう。

約束と欲望

ぼくは、桜田洋子に惚れていながら、身を投げてきた松原周子を抱いた。

男とはそういうものである。叶わぬことを思うより、来りて甘酒に泣け。ぼくにとって恋は大事、なれども性の欲望の充足も重要事であった。その点、青少年の性の欲望をまったく無視した純愛小説など、インチキきわまるものであった。

周子との体験は初体験であった。洋子にあこがれていた度合と女体にあこがれていた度合と、いずれが大きくいずれが重かったか。

ぼくはすぐにまた周子に会いたくなった。意識の正面に、洋子よりも周子が据えられた。ヒロインが交替したのである。

(なるほど、人の恋心とはこういうものか)

反省して、そう思った。あてにならないものなのである。考えれば、ぼくが周子にではなく洋子に惚れねばならぬ必然性はまったくない。

周子に会いたい。しかし、病床の父を抱えているぼくには自由がない。それに周子は夏休みで、家にいる。

家に訪ねて行けば、周子の家族に会わねばならない。男女共学は発足したばかりで、個人的なつきあいは禁じられている。しかもこちらには、周子と肉体関係に入った、といううしろめたさがある。

海辺から帰ったあくる日からもう「会いたい」という願望を募らせながら、ぼくは暑い夏を耐えていた。夜の海辺での情熱のひとときの記憶はなまなましい。湯上がりの周子の髪の匂いと、肌の熱さと、声とうめきと、その秘境のはげしい締めつけは、よみがえってはぼくを悩ませた。しかし、映像としてはおぼろだ。それが頼りなかった。

一方ではぼくは、「洋子はまだねんねだもの」「だから、あたしは嫉妬しないの」と口走って身をひるがえして去って行った美津のことばを思い出していた。

あきらかにそのことばは、ぼくを愛していることを告げることばであった。思いがけないことである。それまで、同じ年ながら、その人がらによって美津はお姉さん的存在であった。高校在学中も、落ち着いていてしとやかで、不良たちですらからかいの声をかけるのをはばかるところがあった。整った顔をしていながら男たちから言い寄られなかったのは、そのせいである。

恋にも火遊びにも無縁でただただ優等生的に生きて行くであろうと思っていた美津の口から、思いもよらぬことばが出た。

ぼくはしかし、そのことばを鵜呑みにするほど素直ではなかった。

(あるいはあれは、おれが洋子にふられてきたと想定し、こうして何もかも閉ざされた状態にあるおれへの、はげましとなぐさめのことばかも知れない)

おそらくそう考えたほうが無難であろう。つけ上がって迫って行けばその単純さを嗤《わら》われるだけだ。

ぼくはそう解釈しようとした。

それでもやはり、心の隅では美津のことばは生きつづけた。

けれども、それはすでにそのからだをぼくにひらいた周子への日増しに濃くなる執着にくらべれば、ささやかな光であった。

石田寛作が朝早くやってきた。

「どうしたんだい？　こんなに早く」

ぼくは父に朝食を食べさせたばかりであった。

「この町にでも泊まったのか？」

「そうよ」

石田はあごを撫でた。

「めしは食ったか？」

「ああ、食ってきた」

「じゃ、失礼して食うぞ」

ぼくが朝食の箸を動かしている間、石田はくそまじめな話ばかりしていた。朝鮮動乱の動向とか、マッカーサーへの評価とか、今年の米は豊作であろうかとか。

ぼくの食事がすみ、ぼくたちは話の内容が父に聞こえぬぼくの勉強部屋に入った。

窓から海が見える。

「今朝も青い海だな」

遠く海を見やってそういうぼくに、

「海は青いさ」

と石田は答えた。

「あのとき、白井が浜の海は紅かったであろうが」

周子とどこまで進んだのか、ぼくは石田に言っていない。知っているような口ぶりである。石田はこのようにときとして象徴的な言辞を弄する。キザな野郎だ。

ぼくは知らぬ顔でレアリズムで答えた。

「いや、海はときとして黒く、またあるときは灰色で、雨上がりの夕方はグリーンに見えるものだ。見る人間の主観感情によって変化するものではない。海と人との距離、角度、空の色、日光の射し方によってちがうんだぞ」

石田は鼻白んだ。石田はアララギに興味を示さず、旧明星《みようじよう》派の歌人たちに感動しているのだ。けれどもぼくと観念論をたたかわせるよりも、石田は大きくあくびをした。

「眠くてかなわんわい。昨夜はほとんど眠らせてもらえなかった」

「どこへ泊まって何をしたんだ？」

ぼくとしても、レアリズム文学論よりも現実そのものがたいせつである。それに、石田のあくびとことばはぼくの質問を促すものだと、とっさにわかった。応えてやるのも友情なのだ。

「聞きたいか？」

「聞きたい。どうせおまえのことだ。ろくでもない夜を過ごしたにちがいない。ろくでもない行動の話を聞くほど楽しいことはない。さあ、退屈なおれに聞かせてくれ」

「その前に」

石田は声をひそめた。

「松原周子のことづけを言おう。おれが眠いのに家にまっすぐ帰らずにここに来たのは、そのためだぞ」

周子は石田とは同じ村である。石田の家はあの村の国分寺《こくぶんじ》の三重の塔の西にある。周子の家は東にある。村の東西で、距離はかなりあるが、同じ村である。

「会ったのか？」

「そう。あの子、鍋に水を入れ、水のなかに豆腐を入れて道を歩いていた」

「豆腐？」

「そう、豆腐だ。あの子の家で作ったんだな。どうだ？　あの子の肌は絹ごしだったか？」

石田の話にあわててはならない。あちこちに気ままに脱線しながら話を進めるのが、石田の楽しみなのである。

「それは言えぬ。それで、どうした？」

「豆腐はどこかへ分けるために持って行くところだったんだ。おれが声をかけ、〝その後野原に会ったか？〟と質問した」

「うむ」

「〝会っていないの。手紙も来ないの〟おい、周子はさびしげにそう答えたぞ」

「〝さびしげに〟はおまえの主観だ。主観は不必要。事実だけを申せ」

「理屈をこねるな。きさま、きさまが自由に出歩けないのはわかっている。しかし、手紙ぐらい出したらどうだ?」

「うむ」

「やはり、桜田洋子にまだ惚れていて、周子はただのつまみ食い、戯れの遊びだったのか。それでは情がなかろう」

「手紙を、彼女は待っているのか?」

「当然。それでおれは、〝近いうちに野原に会うが、伝言はないか?〟と言ってやった。会う予定はないが、そう言ってやらねばかあいそうになったんだ」

「それで?」

「〝待っていると伝えて〟と彼女は言った。いいか、ちゃんと伝えたぞ」

「何を、待っているんだ?」

「それは言わなかった。おれも問わなかった。おまえたち二人の間では通じることばだろうな。主語も目的語も省いて、なお通じる。しかも、そこには余韻がある。なかなかいいことばじゃねえかよ。さすが、文芸部の才媛だけのことはある」

「それだけか?」

「バカ野郎。それだけで十分だ。さあ、何かわからんが、あまり待たせるな」

「ハガキを書こう」

「封書にしろ」

「いや、彼女の親の目がある。あの子はまだ高校生だ。ハガキでよい」

「用心深いやつだ」

「よし、わかった。それで、おまえは昨夜はどうしたんだ？」

「内田美代の親類の家がこの町にある」

「美代？」

いやしくも、この三月までは学校の先生だった人である。それを呼び捨てにしたのだから、ぼくはおどろいた。この前までにはなかったことだ。

「ああ、そうさ」

石田は平然としている。

「その親類の家に、美代は一昨日から留守番に来ている」

「ふーん」

「きょうの昼ごろ、一家は帰って来る。昨夜、美代は一人だった。一人じゃ心細い。世の中は物騒だからな。それで、用心棒としておれが泊まったんだ」

「不寝番《ねずのばん》か？」

「そうよ。わかったか。わかったら、すこし眠らせてくれ」

石田は畳の上に引っくり返り、かたわらにあった辞典を寄せて枕にし、目をつむった。

「男よりも」

目をつむったまま、口が動く。

「女のほうが、欲望が強い」

「昨夜から今朝にかけて、それを知ったというわけか？」

「身に沁みて。しかし、だからこそ女は可愛い。おい、松原周子をたいせつにしろよ。今のような状態のおれたちの欲求に応えてなぐさめてくれる女は、貴重だぞ。ちきしょうっ、やがておれたちが一国一城の主となったら、多くの女が尾を振って来る。そんな女なんかどうでもいい。今おれたちにほほえむ子、それを大事にしよう」

そのまま石田は眠ってしまった。ぼくはその石田の耳の下のややうしろ寄りに、赤いキスマークをみつけた。

（これを、美代先生がつけたのか？）

（あの美貌、あの才気。どんな男とでも恋を語れるであろうに、ふしぎなことだ）

やはり美代先生は、高校を卒業して進学も就職も出来ずに灰色の路をさ迷っている石田に同情をおぼえ、母性本能も加わって可愛いと思うようになったのであろうか。

（周子もそうではないか？）

ふいに、胸が痛んだ。

ぼくは周子にハガキを出した。人の目に触れるハガキである。通り一遍のことばを連ねただけだ。

読んで、周子はもしぼくに愛着をおぼえているならば、物足りないであろう。

しかし、しかたがない。行間ににじむ情意を汲んでもらう以外にない。

すぐに返事が来た。

返事は封書であった。

周子は、ぼくの家ではぼくしか郵便物を取る者がいないことを知っている。だから、封書なのだ。

便箋七枚に小さな字でほとんど改行なくぎっしりと書かれた手紙であった。恋の情感あふれる内容で、読みながらぼくは周子の胸の鼓動を聞く思いであった。

それでもなおぼくは、ひねくれた心を消し去ることが出来ず、感動とよろこびにあふれながらも、

(もしこれが作られた小説だとすれば、すばらしい才気だ)

とも考えていた。

もちろん、会いたいという気持ちはにわかに高まり、胸とともにからだも熱くなり、手紙に向かって脈打ちはじめる。これは手紙にこめられている周子の匂いへの条件反射である。

急には会えぬ。欲望が渦巻く。そのからだをもてあましながら家の周囲をうろついてかたづけものをしていると、すでに背丈の伸びた青い稲の間の道を一人の少女のこちらに向かって来るのが見えた。うす桃色のパラソルのためか、ブラウスも桃色に見える。

（周子か）

とっさにそう疑ったのはもとより錯覚である。ぼくは、美津であった。とすれば、ぼくに会いに来たのにちがいない。

「おーい」

と呼んで手を振り、美津はパラソルを上げてまわした。白い歯のこぼれるのが見えた。

「お父さん、工合はどう？」

庭に入ってきた美津は、挨拶抜きでそう言った。

「ああ、すこしずつ良くなっている。この前はほんとうにありがとう」

ぼくが大声でそう答えたのは、父に聞かせてはげますためだ。事実は、父はやせるばかりで、病状ははかばかしくない。あいかわらず、からだ半分はまったく不自由だし、言語も意のごとくならない。

「ちょっと挨拶させて」

臥《ね》ている父の枕許に座った美津は、からだを前かがみにしてやさしいことばをかけ、やがてうしろにまわってマッサージをはじめた。

マッサージをしながら、父と話をする。

（これで、おれと同じ年であろうか？）

（ここまでおとなびるには、いったいどのような苦労をしてきたか？）

（この子の苦労にくらべれば、おれなんかあまったれなんだな）

三十分以上も、美津は馴れた手つきでマッサージをし、やがて父は眠り、ぼくと美津は縁側で話をした。

「めずらしいものが手に入ったから、持ってきたの」

包みをぼくにさし出す。

「お父さんに食べていただいて」

「何だい？」

「カステラよ」

カステラが貴重であった時代である。ぼくはしかし、カステラそのものよりも美津の好意がありがたく、押しいただいた。

「すまん」

「あれから、どこへも行かないの？」

「行っていない。この前は、嘘をついて悪かった」

「あれはいいの。でも、石田さん、器用に嘘をつくものね、感心したわ。その点、あなたは無器用」

美津の乳房のふくらみを、風がそよいで行く。ぼくの目がそれにとらわれるのは自然の理だ。

「とにかく、申しわけない」

「やはり毎日、畑を耕しているそうね。通りがかりに見た人が感心しているわ」

「長時間本を読んでいると、あたまがぼんやりして来るんだ」

そのときふいに、ぼくは大胆になった。周子の手紙を読んで欲望を刺激されていたせいかも知れない。

声を低め、

「それに、からだを酷使しないと」

そこでことばを切り、美津の耳許に口を寄せて、

「もてあましちゃうんだ」

胸とどろかせながらそうささやいた。あとでふり返っても、よくもそんなことばを口にする勇気が出たものである。

しかし、ぼくを見た美津の目は澄んでいた。

「何を？」

わかっていない。

とっさにそう直感した。

ごまかしてうやむやにしよう。

いや、はっきりと言いたい。

ぼくはふしぎな情欲に駆られて、

「欲望を、だよ。女を、抱きたくなるんだ」

と言った。

周子を抱く前だったら、逆立ちしてもそんなことは言えなかったであろう。体験が、ぼくをあつかましくしていた。

言ったと同時に、ぼくはふくらみ、硬くなり、脈打ちはじめた。からだ全体が熱くなり、胸の鼓動はさらにはげしくなった。

当然、若い男女の間では秘めておかねばならぬことを口にしたぼくへの美津の非難を、ぼくは予想していた。

「まあ、いやらしい」

そう反発するのが乙女の通常であろう。知ってはいながら、言わずにはおれなかったのだ。言うことによって刺激的な状況を作りたかったのかも知れない。無謀な話ではある。

しかし、美津は予想通りの反応を示さなかった。

顔を庭の夏蜜柑の樹にもどし、だまっていた。

それまで、らくな姿勢で話をしていた。

急に、からだ全体がかたくなった感じである。

「わかったかい？」

ぼくは悪魔的な、ある意味では自虐的なよろこびをおぼえながら、美津に念を押した。

「わかったわ」

美津は低く答えた。

ややかすれた声である。

「あたしだって、こどもじゃないもの」

間を置いて、そうつづけた。

ここから、父は見えない。

しかも、父は眠っているはずだ。

これくらいの声では、父には聞こえない。

しかし、縁側である。前方に庭があり、庭の向こうに道があり、いつだれが通るかわからない。道の向こうの水田や畑にはだれかがいるかも知れない。

それでも、ぼくは密室にいる気分になった。

「おこらないのかい？」

「どうして？」

やはり、顔は前方を向いたままである。

「ぼくが、あからさまなことを言ったからだよ」

そのまま抱きしめたい発作に耐える。そんなことをすれば貴重な友人を失ってしまうことが明らかである。

美津は言った。

「正直に言ったのに、おこれないわ」

「しかし、普通の子ならおこる。嫌悪し、軽蔑する」

「だれかにおこられた？」

「いや、こんなこと、だれにも言ったことはない」

「洋子さんを、抱きたいの？」

「あの子はもういいんだ」

嘘である。

洋子の面影はうすれたとはいえ、去ってしまったわけではない。

「あの子なら、おこるでしょう。まちがっても、あの子にはまだそんなことを言っちゃだめよ」

姉さんぶった口調である。ようやく、ショックから立ち直ったようだ。そう感じて、ぼく自身の気も落ち着いた。

「もちろん言わないし、あの子にそんな気を起こしはしない。きみの言った通り、まだこどもだからな」

「それがいいわ」

ぼくは思い切って美津の肩に手をかけた。

「きみだから言ったんだ」

「………」

「どうすればいい？」

「それは、あたしにはわからない。でも、へんな女とへんなまねはしないで。あなたはそういう人じゃない。そう信じているわ」

「あてにならない」

美津は強く首を振ってぼくを見た。

きつい目である。

「いやよ、そんなの」

目が濡れている。首を振りつづけた。

「だめよ、そんなの。今は、あたしたちは勉強する季節にいるんだわ。大学へ行く行かないは関係ないの」

「きみはえらすぎる」

「えらくはないわ。普通に生きているだけ。えらくならなきゃならないのはあなたよ。その点、石田さんはあなたにとっていい友達とは言えない」

「きみが考えているほど……」

ぼくは美津の肩から手をはずさなかった。

「男はきれいじゃないんだ。今だって、出来たらぼくは、きみを抱きしめたい」

手に、わずかながら力を加えた。欲望がまたたぎりはじめた。

「あたしを、好きでもないのに？」

「好きだ」

こういうときに女をなびかせるために男の吐くセリフである。しかし、一般的な意味では、ぼくは美津を「好き」であった。まるっきりの嘘ではない。

「信用しないわ」

「信用していい」

　さらに力をこめようとした。

　と、美津はからだをくねらせて逃げ、やや間隔を置いて座り直した。

「男は、好きでもない女をもてあそぶことがよくあるもの」

「じゃ、ひとつだけ頼みがある」

「………？」

「言っていいかい？」

「いや」

「なぜ？」

「今度、夕方、このあたりを散歩しましょう、考えたらあたしたち、いっしょに散歩したこともないわ」

「うん、そう言えばそうだ」

「散歩して、そのときに話を聞く」

「そのほうが、ぼくにもいい」

　美津は腕の時計を見た。

「あら、もうこんな時間だわ。帰らなきゃ」

　美津がにこやかに帰って行ったあと、ぼくはほっとしていた。

美津がぼくのあからさまなことばを嫌悪しなかった点である。

もうひとつは、ぼくが美津に理不尽なまねをしなかった点である。まさかそういうことはしない、という自信はあった。しかし、美津はぼくにやさし過ぎる。やさしさにつけ上がるいやな要素がぼく自身に皆無だとは言えないのである。


夕方、辺見が訪ねてきた。

「今夜は泊まって行くぞ」

「おお、そうしてくれ」

やがて辺見力也の夏休みはおわり、大学へともどって行く。ぼくはただここにいて彼を迎え、彼を送るだけだ。彼は進み、ぼくはとどまっている。

しかし辺見は、自分が大学に進んでいることをひけらかさない。

あたらしい角帽をかぶって夏休みに帰ってきたかつての同学年の連中、ほとんどはぼくたち浪人を無視して言動した。

若さと気負いとエゴイズムが、ぼくたちへの心配りを忘れさせているのである。ぼくは出来るだけそれに反発しないように努めてきたつもりだ。

わがことはさておき、ともあれこいつの幸福感は祝福すべきである。つねに自分にそう言い聞かせて大学生と会ってきた。

その点、辺見はじつにこまやかな神経の持ち主で、大学のことはほとんど語らない。高校時代と同じようにしゃべる。

辺見のその心づかいのためにも、ぼくは虚心に対さなければならない。

辺見はもう、ぼくの前に座ったときから、広川由紀の話ばかりであった。

ぼくが目をみはったのは、あの海辺の夜以後辺見が由紀と二人だけで会ったという事実であった。

「おまえ、実行力があるのう」

「そうでもないが……」

「どういうふうにして会ったんだ？」

「手紙を出したら、返事が来た。それでまた出して、会う場所と時刻を指定したんだ。来られなかったら来なくてもいい、と書いた。返事は要らない、と書いた」

「なるほど」

高校時代は手も足も出なかったのに、見ちがえるほどの積極性である。

「言ってやった時刻きっかりに、あの子は来た」

「大成功じゃないか。さらに一歩前進したわけだ」

「うん、そうかな？　しかし、あの子はおれに悪いと思って、義務感で、来たんじゃないかな？　もうおれは、あんな一方的な指定は二度としない」

「いや、彼女はよろこんで来たんじゃないか？」

「さあ、その自信はない」

ぼくは辺見の肩をたたいた。

「自信を持て。おまえはな、春までのおまえとちがうんだ」

「ちがわない」

「いや、ちがう。おまえは一流大学の学生なんだぞ。志望校にストレートで入ったんだぞ」

ことばに思わず熱がこもったのは、日ごろの本心が出たためかも知れない。

「あの子がおまえを嫌う理由はないんだ、会って、キスぐらいしたか?」

「とんでもない」

辺見は首と手を同時に振った。

「そんな大胆なことが出来るものか。おれは石田じゃないんだ」

「じゃ、会って何をしゃべった?」

「いろんなことさ」

「好きだということを伝達したか?」

「多分、彼女は感じているだろう」

「おまえは表現しただけだ。おまえの舌足らずの表現が、向こうにはっきりと伝達されたか、それをたしかめたのか?」

「いや」

「じゃ、わからないじゃないか?」

「うん。しかし、これでいいんだ。おれたちはこれから文通するよ。愛は、しだいに育まれるものだ」

「何を言ってやがる」

ぼくは悪党ぶってせせら笑った。

「そんな悠長なことを言っていたら、だれかに横奪《よこど》りされるぞ」

「そのときはそのときだ」

「それでもいいと言うのか？」

「よくはないけど、しかたがない。いずれにしても、おれと彼女は遠く離れて住むんだ、おれはおれの今の心情をたいせつにしたい」

「女はな、この前石田が言っていたが、男よりもスケベエなんだぞ。広川由紀だって、男が欲しくて手でみずからを愛撫……」

ぼくは最後まで言えなかった。

顔を上げた辺見が、いきなり平手打ちを浴びせてきたのである。

ことばを中断させて、ぼくは頰を押さえた。

「言うなっ」

辺見は叫んだ。

「あの子はそんな子じゃない。天使なんだ、汚れを知らぬ白鳥なんだ。おまえごときにあの子の美しさがわかってたまるか」

もうぼくは、辺見のために悪態はつかなかった。

（しあわせだなあ、こいつ）

（こいつのこの純情は、やはり恵まれた環境によるものだろう）

（人間、環境に左右されるものだ。こいつを甘いと嘲笑するのは簡単だが、おれには出来ぬ）

（こいつは自分の恋心があればいいんだ。おれが周子に会うのを石田といっしょにそそのかしたのは、本心じゃないんだ。それとも、おれが自分とはちがうことを知っているためなのか）

（しかし、ひとつだけ意地悪をしてやれ）

「わかったよ」

ぼくは妥協する口調で言った。

「たしかに、おまえにとってあの子は天使だろう」

「………」

「おまえは天使に惚れている」

「そうなんだ。もう一度あんなことを言ったら、またなぐる」

辺見の腕力など、高が知れている。十発なぐらせても一発なぐればおしまいだ。

「もう言わんよ」

「それがいい、おれにとってあの子は、心の支えなんだ。存在しているだけでうれしい人なんだ」

「わかった。ただ、ひとつだけ質問がある」

「なんだ?」

　ぼくは辺見ににじり寄った。

「いいか、辺見。いやさ力也。よし、彼女を天使としよう。それじゃ、おまえはどうなんだ?」

「……」

　辺見の表情に怯えが走った。

「おまえは、あの子に対してでなくてもよろしい、女一般に性的欲望を抱くことがないか。オナニーはしないか?」

「おれのことはどうでもいい」

　辺見は反発した。

「おれが自分の醜さを意識すればこそ、なお彼女の美しさにひれ伏すんだ」

「そうか、安心したよ。おまえにも、石田やおれと同じ欲望があるんだな?」

「それがどうした?」

「いや、それだけのことさ。そして、そんならそれでいいんだ」

「人間は個人によってちがうんだ。いろんな人間がいる。不良少女たちも女なら、彼女も女なんだ」

「わかっているよ」

　ぼくはうなずいた。

「もうおれは、おまえの前ではあの子のことは言わない」

「おまえにとっての桜田洋子と同じだ」

「いや、洋子はおれにとってはちがうぞ。おれはかつてのおれではない。もう洋子のことはどうでもいいんだ」

「松原周子か？」

「そうかも知れん」

「あの夜、何があったんだ？」

「想像にまかせるよ」

「周子は由紀と親しい。周子をへんに誘惑しないでくれ、人は友達に影響されやすいものだからな」

「わかったよ。ところで」

ぼくはふと思いついて話題を変えた。

「おまえ、安部美津を知っているか？」

「話したことはない。この町に住んでいる子だろう？」

進学のために受験勉強に力と時間を注いでいた辺見は、つきあいは狭いほうであった。

「そう、顔はおぼえているか？」

「ああ、なかなかいい顔をしていた。それに、あたまも良いんだろう？」

「その通り、どう思う？」

「べつに、何も思わない」

「あの子も、家庭の事情で進学しないで、店を手伝っている」

「おまえ、親しいのか？」

「そう」

「まじめな子なんだろう？」

「そうだ」

「好きでないんなら、惑わすのはよしたがいいぞ。このごろおまえは、石田にかなり悪影響を受けている。あいつは偽悪家ぶっているんだ」

「石田なんかの影響を受けるものか」

所詮石田と辺見は氷炭相容れぬ仲なのである。石田は石田の置かれている状況に適応するために現在の人生観と行動を持っている。本来なら、辺見の批判は許さない。しかし人は多くの場合、しあわせな人間の立場を基礎にして人を裁く。それがすべての人に通じる法だと心得ているようだ。

（こいつは思いちがいをしている）

ぼくはそう思った。

ぼくが辺見を風呂に入れたあとことわりもなく自分もはだかになって入って行ったのは、同性愛的な趣味のためではない。

（こいつ、どんな珍宝をぶら下げて、由紀に対して中学生的純愛を捧げているのか？）

それを知りたかったからである。そしてその裏には、やはり順調に人生を歩んでいる辺見へのコンプレックスが潜んでいたとも言える。

ぼく自身、ついこの前までは、思いがけない周子の肉体を味わう前は、似たような純情を洋子に向けていたのだから、少年の目は現金で冷酷なものだ。

辺見はあわてた。が、友達としてはきわめて普通のことだから、文句は言えない。

だいたい、辺見はからだ全体が生白い。やせていながら、ふっくらとした感じである。珍宝もまたそうであった。大きさは似たようなものだが、ぼくのが赤いのにくらべて、妙に白かった。それに、むけていなかった。毛も、うすい感じであった。

(ひょっとしたらこいつ、おれのように欲望は強くないのではないか？　由紀に対するプラトニックな恋心も、自分を偽っているものではないのではないか？)

欲望とそこの白さなどとは無関係であろうとは思いながらも、ぼくはそう疑った。

そこでふとんを並べて寝てから、

「おい、辺見。おまえさっきおれが、オナニーのことを言ったときにあわてたが、やったことがあるのか？」

と質問した。

「おまえはどうだ？」

自分が答える前にぼくのことを反問する。いかにも秀才らしい用心深さだ。

「あるよ。もちろん」

ぼくはあっさりと答えた。

「多いときは週に二回、自制心が発揮出来るときは一月ぐらいは遠ざかることがあるけどね。おれの中学高校時代は、一面ではマスターベイションとそれをしてはならないとする意志とのたたかいであった。さあ、おまえはどうだ？」

「おれだってあるさ」

弱い声である。

「しかし、めったにしない。おれの家系は代々禁欲的なんだ」

「ふーん。めったにしないか」

「おれは、意志の力でどうにでもなるんだよ」

ふいにぼくは言った。

「おれはあの夜、周子を犯した」

「やっぱり」

「あの子はよろこんでおれに抱かれた」

「かあいそうに」

「処女だった」

「………」

「処女だって、男に犯されるのを待っているんだ。おこるなよ、おれは松原周子のことを言っているんだ」

「……」

「今、もう一人を狙っている。周子は、家が遠い。そういつも会えない。だから、近くの女を狙っている」

ぼくはわざと悪魔的な言辞を弄した。

「愛は近きに求めなければならない」

「そんなもの、愛じゃない。けだものの欲望だ」

「人間はけだものの一種さ」

由紀との仲の進展によって、辺見はいっそうロマンチックになっているようであった。


ついにぼくは周子に会いに行った。

卒業して進学も就職もしないでいる男を周子の親たちがどんな目で迎えるか、それがもっとも大きなブレーキだったのだが、会いたいという願望はそれを上まわったのである。

父に昼食を食べさせたあと、すぐに出かけた。夕方までにはもどって来なければならない。

だから、会っても、抱くことは出来ない。周子をわが家の近くに呼ぶことが出来るかどうか、それをたしかめるためだ。

それくらいなら手紙でもよいのだが、手紙では周子の親に見られるおそれがある。海辺の夜のことを知られたら、周子は軟禁状態になってしまうだろう。

周子が来ないのは、ぼくの気持ちを測りかねているからであろう。通り一遍のハガキを一枚出しただけである。あの夜かぎりだとぼくが考えているのではないかと悲しんでいるのは、手紙にも書かれてあった。

そうではないことを、会いに行くことで示さねばならない。

周子の家に着いたのは二時であった。

家の前をうろつくなどというまねはいやしい。プライドも許さなかった。

まっすぐにためらわずに門を入って行き、前庭を突っ切って間口の広い玄関の前に立った。

広い屋敷には大きな樹が聳え、家の作りもいかめしい。ぼくと父が借りて住んでいる家とはくらべものにならぬ豪壮な構えだ。

しかし、そんなことは気にはならない。周子がこの村の旧家の娘であることは、もうとっくに知っている。

玄関の戸は開かれ、水が打たれてあった。

「ごめんください」

声を張り上げ、姿勢をまっすぐにする。周子の家族にはまだ会ったことはない。けれども、向こうはぼくの名を知っているはずであった。好印象を持たれたい。

家の中に足音が生じ、出て来たのは周子であった。

ぼくを見て、そのままはだしで周子は土間に降りてしまった。

ぼくにぶっつかる勢いである。ぼくはあわてて周囲を見まわし、周子はぼくの腕をつかんだ。

「やっぱり、あなただったわ。声が似ていて、まさかと思って出て来たの」

「会いに来た。家の人は？」

「みんないるの。さあ、上がって」

「きみ、はだしだぞ」

「あら、いけない」

そこへ、周子の母がゆっくりとあらわれ、周子はぼくから離れた。

周子はその母にぼくを紹介する。

ぼくは家の中に招き上げられ、周子は足を洗うために裏にまわった。

「あの子、うれしさのあまり、はだしで飛び降りたのね」

笑いながら、周子の母はそう言った。まだ四十をわずかに出たばかりとおぼしい美貌の婦人である。

座敷に通されたぼくは、あらためて周子の母のていねいな挨拶を受けた。

「周子がいつもお世話になっておりまして」

母親の前で、周子は明るくふるまった。ぼくを尊敬する先輩と観ているという態度を通しつづけた。

母親もまた、ぼくと周子の仲をまったく疑っていないようであった。周子を信頼しているのが、ことばのはしはしでわかる。

当然、ぼくはうしろめたさをおぼえつづけていた。ぼくは周子の処女を喪失させたばかりでなく、愛情の裏付けがなく男の欲望だけでそうしたのだ。

　やがて母親は気を利かせて席をはずし、広い座敷にぼくと周子は二人だけになった。

　庭に面した障子や窓は開けられてある。

「きょうはゆっくりして行っていいんでしょう？　夕飯を食べて行って」

「残念だが、それが出来ない。おやじをほったらかして出て来たんだ。夕方までには帰らなきゃ」

「お父さん、工合はどうなの？」

「あまり良くないんだ」

「たいへんねえ。でも、よかった。あのときかぎりの愛だったと思わなきゃならないと自分に言い聞かせようと考えていたの」

「ゆっくりと会いたい。ぼくのうちに来れないか？」

「行っていいの？」

「ずっと待っていたんだ」

「行きます」

　周子は自分のスケジュールを見るために部屋を出て行き、すぐにもどってきた。

「三十日ならだいじょうぶ。夕方までに帰ればいいわ」

　ぼくの家は狭い。けれども、寝たきりの父だけだ。周子をぼくの部屋に入れれば、性的な交歓が出来る。

二時間ほど、ぼくは周子の家にいてドーナツや瓜をご馳走になった。その間、周子の母親は出たり入ったりした。

なおいたいけれども、そうは行かない。四時ちょっと過ぎ、ぼくは周子の母親に別れを告げた。

「バスの停留所まで送って行きます」

周子は母親にそう言い、赤い緒の下駄を履いてぼくといっしょに玄関を出た。

「いいのかい？」

「だいじょうぶよ、野原さんを、母は高く評価しているの。ずっと褒めて言ってきたもの」

それは母親の態度ではっきりとわかった。だから、罪の意識をおぼえるのである。

門を出て、周子はぼくの腕を取った。

「ね、伺いたいことがあるの」

「なんだい？」

「はずかしくて言えない。今度……」

「言いかけたことは言えよ」

ためらう周子をせっついて、ぼくは強引にその質問を口に出させた。周子は口ごもりながら言った。

「あのね、あのときね、あたしがバージンだったことをわかってくれた？」

「もちろん、はっきりとわかった」

「ああ、よかった。ずっと気にかかっていたの」

　歩きながらぼくは、道を外れてせめて接吻できる場所に入ることはできないものかと周囲に気を配っていた。

　周子の質問は、ぼくのその意図を伝えるきっかけになった。

「どこか、腰を下ろす場所はない？」

「さあ」

　結局、ぼくたちは小路に入り、曲がりくねったその小路を歩いて林に入って行った。

　視界がさえぎられたところで、ぼくは周子を抱き寄せた。くちびるが合わされた。

　久しぶりの女の感触である。接吻しながら乳房に手をあてがった。周子はまったく抵抗しなかった。

　しかし、それまでだった。こどもの声が聞こえてぼくたちは離れなければならなかったのである。

　ぼくは周子にささやいた。

「三十日、生理はだいじょうぶ？」

　周子はうなずいた。それは、三十日には求めることを暗示する質問であり、それを承知しての返事である。

　バス停に着くと、すぐにバスは来た。

「あら、もう来たわ」

バスに乗ったぼくを周子は見送る。まっすぐな道である。その姿が小さくなっても、周子はなおたたずんでいた。

(おれはもうあの子を愛している。最初は愛情よりも肉体的に結ばれた。それでもいいじゃないか)

ところが、周子を訪ねて三日目、あさっては周子が来るという日、ぼくは桜田洋子からの速達を受け取ったのである。

速達には、「あたしにとってもあなたにとってもたいせつなお話を、どうしてもしたいんです。一方的ですみません。もし、いつもあなたがあたしに言ってくれていたことばが事実だったら、三十日の正午ちょうど、白鳥神社《しらとりじんじゃ》の鳥居まで来てください。夜の八時までなら、二人きりでお会いできます」と書かれてあった。

一年間、ぼくは洋子に愛をささやきつづけてきた。洋子の心はかたく閉ざされたままであった。

(あのむじゃきでこどもっぽい子も、三年になってようやく春を迎えたのか)

(おれの熱意がわかったのか?)

三十日には周子が来る。同じ日に、洋子がぼくに会おうと言う。洋子の指定した白鳥神社は、洋子の家の近くである。ぼくは汽車に乗って行かねばならない。洋子に会いに行けば周子を迎えることはできない。

(この前までだったら、躍り上がってよろこんで会いに行っただろう。人生は皮肉なものだ)

（モテはじめるとモテるものだな）

色男ぶってぼくは悩みはじめた。

（どちらを選ぶか？）

悩みながら、周子の出現によって忘れかけていた洋子への愛おしさが、ふたたびぼくの体内に燃えはじめていた。

あとで知ったのだが、洋子の手紙は罪深いいたずらだったのだ。

ぼくが訪れたあくる日、周子たちは登校日であった。

学校に行った周子は、ぼくの家を三十日に訪れることを親しい広川由紀に話した。

ぼくが洋子に惚れていることを知っている由紀は、それを洋子に言ったのである。

それを聞いた洋子は、ぼくをわずらわしいと思っているくせに、不愉快さを感じた。

と同時に、未成熟なこどもめいたいたずら心を起こしたのだ。

（あいつ、あたしを好きだと言いながら、周子さんにも近づいている。よし、ひとつ、混乱させてやれ。ぶちこわせたら、おもしろいわ）

というわけである。

洋子がもうすこしおとなだったら、こういういたずらなど、思いもつかなかっただろう、こわいことになる可能性もあるのである。幼稚な発想なのだ。

それを知らないぼくは、はじめてもたらされた洋子の積極的な反応に感動し、「会いたい」と書いてよこしたからにはぼくにとっては朗報であることはまずまちがいないだろうと解釈し、年来の恋を取るべきかあたらしい周子を選ぶべきか、迷った。

結果としてぼくは、白鳥神社には行かず、周子を家で待った。

理由は二つあった。

そのひとつは、周子とは約束しているのに反し、洋子の申し出は一方的だったからである。約束を破って、約束もしていない女に会うことは出来ない。それは人倫に反する、という道徳的な理由である。

もうひとつは、周子の肉体への執着であった。洋子と会っても、せいぜい「個人的につきあってもいいわ」ぐらいの返事を得るぐらいのものであろう。うまく進展しても、接吻までが限度だ。それに対して周子と会えば、第三者の妨害がないかぎり、その肉体を楽しむことが出来るのである。

約束通り、三十日の午後、周子は訪ねてきた。病床の父とは初対面である。挨拶し、見舞いのことばを述べる。ぼくは通訳した。

そのあと、ぼくと周子はぼくの部屋に入り、立ったまま抱き合った。くちびるを求め合った。狭い家である。倒れる以前から、父は耳が遠くなっている。けれども、やはり何もしゃべらなくてはへんだ。

ぼくは周子を座らせ、

「いよいよ二学期だね」

やや声を大きくして言った。

「ええ、早く卒業したいわ」

「どうして？」

「もう少し自由が欲しいもの」

話をしながらも、ぼくたちは抱き合っていた。ぼくは周子の髪を撫で、乳房を愛撫する。それでも会話をつづけるのは、父に怪しまれないためである。

周子もすぐにそれを理解し、努めて平静な声でぼくに答える。

けれどもぼくたちの話はとぎれがちになった。接吻に熱がこもり、愛撫がこまやかになったのである。

自然に、ぼくの手は周子の中心へと進んで行った。

周子は、

「あとで」

そうささやいて拒んだが、ぼくが、

「だいじょうぶ」

とささやき返してさらに進むと、もうぼくの手を押さえず、からだをひらいた。

そこはもう、愛の泉にあふれており、ぼくの手は濡れた。

「ああ」

周子はぼくにしがみつき、頬に頬をこすりつけ、

「あれからずっと」

と言った。

海辺の夜が夢ではなかったことを、ぼくはたしかめる。ぼくの手の動きに応じ、周子は身悶えし、低くうめき、急速に呼吸を乱して行った。

「ここに」

ぼくはささやいた。

「キスしたい」

「そんな、はずかしい」

「ぼくにとってはもっとも貴重な場所なんだ、ああ、周子」

周子の手がためらいがちながら動き、ぼくをまさぐってきた。そろそろその手をそこにみちびかねばと考えていたぼくはその積極的な動きに感動し、からだの向きをそれに応じさせた。

ズボンの上からぼくを握りしめた周子は、

「ああ、こんなになって」

と言った。数秒後、直接触れようとしはじめる。ぼくはそれに協力した。

直接触れたときに周子は、

「あなた」

低くそう言い、そのあとは言葉にならなかった。ぼくは周子への愛撫をつづけながら、

「どう思う?」

と感想を求めた。

「好き、この前は夢中で、わからなかったの。だから、たしかめたかったの」

「この前これがきみに」

「ああ、あなたのだもの」

ぼくは音のしないように気をつけながら、周子を畳の上に横たえた。もう周子も、向こうの部屋で寝ている父を気にしない。ぼくの要請に柔順であった。

ぼくは周子を脱がせる。白い腿と黒い茂みがあらわになり、周子はそれをぼくの視野からさえぎるのがぼくの希望に反していることを知って、両手で顔のほうをおおった。ぼくは周子の両足に顔を進め、上体をかがめた。

まずその丘にくちびるを押しつけ、しばらくじっとしていた。そのまま見てははずかしさもいちじるしいだろうと思いやったのだ。

しばらくして顔を引き、そのままの自然な状態を眺める。そのあと、両手で押しひらいた。うすくれないの花園が目の前に現出した。この前は夜の暗い海辺であり、視界はゼロだったのだ。

そこは、ぼくがあこがれていたにふさわしい美しさを示していた。美しくて魅力的で、妖しいどよめきを持ち、また可憐であるとともに魔女的であった。

高校時代すでに娼婦によってそこに馴れているクラスメートたちがいた。いわゆる不良たちである。彼らは同じように、「女のからだなんて、グロテスクで醜いもんだ」と言っていた。

彼らの言っていることとまったくちがった印象を、ぼくは受けた。吸い寄せられるように、そこへくちびるをあてがったぼくの胸には、周子への愛おしさがあふれていた。

ぼくの動きに応じて、周子は忍び音《しのね》をもらしながら身悶えする。ときには体を引き、あるいは逆に弓なりになって痙攣した。

やがて、周子は上体を起こしてぼくから逃げ、逆にからだをねじってぼくの中心に顔を寄せてきた。

周子の意図を察したぼくは、そのまま上体を後方に倒し、周子はぼくを握った。頬ずりしながら接吻し、そのあと正面から口をひらいた。

ぼくたちの戯れは三十分ほどもつづいた。それを中止したのは、父がまだ目覚めているだろうと考えたからだ。歩けない父がこの部屋まで来ることはあり得ない。しかし、あまりにも長いこと会話の声を聞かせなくてはへんだ。

さらに状況を深めたい願望を押さえ、周子はまだゆっくりと出来るのだということに安心して、ぼくと周子は離れ、一応身なりを整えた。周子の脱いだものは座ぶとんの下にしまった。

周子の顔は上気し、目は潤み、髪は乱れている。ぼくの目をはずかしがり、横から肩に顔を埋めてきた。

ぼくはささやく。

「あとで。日が暮れたら、父は自然に眠る」

周子はうなずき、

「あたし、泊まってもいいの」

と言った。

「家は？」

「由紀さんの家に泊まると言って出て来たの」

「だいじょうぶ？」

「だいじょうぶ。あの子、今朝から大分の叔母さんの家に行ったもの」

まだ電話が普及していなかった時代だ。多くの家は電話を持っていない。

「じゃ、安心だ」

ぼくとしても、昼の間は父の耳がある。また、夜になって周子を帰したくはない。こちらの駅までは送って行くにしても、すでにバスはないので、向こうの駅から家までが心配である。

「こうしよう。七時に、きみがおやじに別れを告げてここを出る。五分ほどして、裏にまわり、この窓から入って来るんだ」

「ええ」

「窓は開けて、ふとんを敷いておく。そのままもぐり込んでいればいい」

「近所の人にみつからない？」

「その生け垣があるから、背を低くして歩けばぜったいにわからない」

そのあと、ぼくは父の耳を意識して声を大きくした。

「思い出した。桜田洋子から手紙が来た」

じつは、あらためて思い出したのではない、ずっと意識にはあったのだ。

である。

「まあ、洋子ちゃんが」

「うん」

「見せて」

周子が来たら見せよう、とはこうして周子を迎えようと決意したときから考えていたことである。

ぼくは机の引き出しから洋子の手紙を出して周子に渡した。

(これでこの子は、おれがもう今は洋子よりも自分を好きになっていることを確認するだろう)

周子が手紙を読むのを見ながら、ぼくはそう思って得意であった。

「まあ、きょうじゃない?」

「そう」

「どうして行かなかったの?」

「きみとの約束がある。一方的な通告だから、行く必要はない。もうぼくにとっては、あの子よりもはるかにきみがたいせつなのだ」

「ほんとう?」

「現実に、ぼくはここにいる」

「うれしい」

周子はぼくに抱きつき、頬に頬を密着させた。

「あたしを遊んでいるだけじゃないのね」

「ちがう。とにかく、今はちがう。きみをだれよりもたいせつと思っている」

「あたしだって」

そのあとしばらくして周子は、

「きっとあの子、あなたの彼女になりたくなったんだわ」

低くそうつぶやき、

「好きだということ、あの子に早く取り消して」

ひたむきな目で要請してきた。

「もうその必要もない。行かなかったのがその証明さ」

周子もまた、洋子がただのいたずらでその手紙を書いたことを知っていなかったのである。

しばらくして、ぼくは部屋を出て父の部屋に行った。

父は外の景色を見ながら、ラジオを聞いていた。まだ日暮れには間がある。

「お腹、空かない?」

「まだいい。それより、お客さんにどうしてお茶を出さないんだ?」

「これからだよ」

ぼくがお茶の用意をしていると美津がやって来た。

「夕食の用意、すんだ?」

「いや、まだだ」

「ああ、よかった。おいしいカレイが手に入ったから持ってきたの。お刺身にしてもいいくらいよ。まだ生きている」

「すまない、おお、いいカレイだ」

網のなかで二尾のカレイがはねていた。白身の魚は父に良いのだ。

「あたしが作ってあげるわ。きょうは、ちょっとヒマを作ってきたの。涼しくなったら散歩しない？」

「それはうれしい。しかし、今、お客さんが来ているんだ」

「どこに？」

「ぼくの部屋にいる。ほら、二年にいて、今は三年の松原周子だよ」

一瞬、美津の顔はこわばった。が、すぐにいつもの表情になり、

「じゃ、三人で散歩しましょう」

さりげない語調で言った。

「紹介して。名前は知っているけど、話をしたことがないの」

「うん」

うなずいたぼくは、奥に向かって周子の名を呼んだ。美津は寄ってきて、

「あたしが邪魔？」

と言った。

目がきらめいている。

「いや、そんなあれじゃないんだ」

ぼくは大きく首を振った。するとさらに寄ってきて、

「欲望のために呼んだの？」

かさねての質問である。

「そうじゃない。ぶらりと遊びに来てくれたんだ」

「じゃ、いいわ」

はじめて美津は笑顔になった。その表情に、美津もまた可能性があることをぼくは直感した。

（しかし、今夜は周子のほうが主役だ）

それを美津に悟られてはならない。また、周子に疑惑を持たれてもならない。むつかしい状況になりそうであった。

三人の秘密

部屋を見に来たとき、案内してくれる主婦の態度や表情に接しているうちに、

（この女、男を欲しがっている）

そう判断した。それだけでもう、股間のふくらむのをおぼえた。謙三《けんぞう》は、自分の性器はきわめて正直に反応し、その反応はけっして錯覚に基づかないと思っている。

（こいつがこうなったんだから、おれの直感はまちがいない）

そう考えた。

事実は逆かも知れない。謙三が錯覚したから、それにしたがってそれは反応を示したと考えるべきであろう。そのほうが論理的だ。

しかしそう考えないところが、謙三の性格なのである。自分の都合の良いように事物を解釈する。

それに、案内された二階の六畳の部屋がよかった。便所も台所もついている。人に貸すように改造されており、外に階段があって、そこからも自由に出入り出来る。アパートと同じだ。

南向きで日当たりがよく、あたらしくはないが、小ざっぱりした感じであった。

すぐに謙三は借りることに決めた。

引っ越して三日目、謙三はその主婦の工藤《くどう》やす子《こ》と関係を持った。

手の早い謙三としても異例のスピードだが、これはやす子のほうから積極的に謙三を誘ってきたからである。

最初のそのとき、謙三はやす子を頂上にみちびく前に果ててしまった。

「まだよ、まだよ」

やす子がそう訴えつづけたにもかかわらず、その体の動きに耐えられなかったのである。

しかしやす子は謙三を非難せず、

「このままじっとしていて」

やさしくそうささやき、謙三を抱きしめたまま小さく自分でリズムをつけ、やがて、

「うーん、うーん」

と唸って、強く謙三にしがみついた。やす子がけいれんするのを謙三は感じた。

謙三はそのときやす子の内部で、かたさは失ってはいるものの、なお適当なふくらみを保っていた。それを利用して、やす子はひとつの頂上に達したのである。

「ちょっと早かったわね」

そのあと謙三の髪を撫でながら、やす子は言った。

「でも、若いんだもの。気にしないで、かえって、うれしいわ、久しぶりだったんでしょう?」

「そうなんです。それに、おばさんがすばらし過ぎたんです」

それは、夕方の忙しいときであった。謙三の部屋である。やす子はすぐに部屋を出て行かね

ばならなかった。

一時間ほどして、謙三はやす子の夫の工藤がまだ会社から帰っていないのをたしかめ、台所にいるやす子を、

「ちょっと、来てください」

と呼んだ。

かっぽう着姿でやって来たやす子に、謙三は抱きつき、はげしく接吻しながら、押し倒した。

「どうしたの？　急に」

「あのままじゃ、おばさんに軽蔑されそうだから」

やす子はすぐにその気になった。畳の上で着物や服を着たままのはげしい交歓がはじまった。

一時間前に放出しているので、今度は謙三は余裕を持ってやす子を攻めることが出来た。やす子は立てつづけによろこびの声を上げた。

終わって、

「どう？」

誇りのなかで謙三は感想を求めた。

「すばらしかったわ。あなたってすてき」

やす子は謙三の首に腕を巻きつけて接吻し、

「腰が抜けたみたい」

とささやいた。

以後、謙三は、人目を盗んでやす子と情を交わすことになった。人目とは、工藤の目であり、工藤の母つまりやす子の姑の目であり、小学校と中学校に通っている二人の子の目である。

家の中での密会なので、隣近所に知られるおそれは少ない。

やす子と夫の夫婦生活について、当然謙三は関心を持った。

「あの人、弱いのよ」

とやす子は答えた。

「十日に一回ぐらいなの。それも、お座なりで簡単にすんじゃうの」

さらに問うと、やす子はためらわずに具体的に答えた。

どうやらやす子の夫は、セックスにはそう重きを置いていないようであった。やす子を妻としてよりも主婦として見ているようであった。それに、男としてのエネルギーはあまり持っていないようであった。

その通りだとすれば、やす子が謙三とこうなったのも、無理もない。

「ぼくの前にこの部屋にいた人ともあったんでしょう？」

「正直言うと、そうなの」

やす子は謙三に接吻した。

「でも、あなたのほうがずっとすてきよ」

「その人、どうしてここを出て行ったんです？」

「大学を出て会社に勤めている人だったの。結婚して、マンションに移ったのよ」

「どのくらい、ここにいた？」

「二年ちょっと」

「じゃ、二年間、その人と楽しんでいたわけだ」

「ううん、一年半よ、半年間、何もなかったもの。あなたみたいに手の早い人、そんなにいないわ」

「おばさんが誘ったくせに」

「ふふふ、そうね、おあいこね」

「その人の前は？」

「浮気はその人がはじめてよ。あなたは二人目。ほんとうよ。それまでは、だれもいなかったの」

「その人、まだおばさんを忘れられないんじゃないかな」

「可愛いお嫁さんをもらったんだもの。もう忘れているわ」

「電話かかって来ない？」

「来ないわ」

「もう、会っちゃだめだ」

謙三はやす子をみつめた。独占欲を表現したのである。

しかしこれは、やす子をよろこばせるためで、本心ではない。謙三はやす子に溺れてしまったのではない。

「会わないわ。今はもう、あなただけで十分なの」

案の定、やす子はうれしそうに謙三を抱きしめてきた。

やす子と交歓する場所は、当然のことながら謙三の部屋である。

時刻は、朝が多くなった。

工藤は会社へ行き、こどもたちは学校へ行く。姑が近所の茶呑み友達のところへ、やす子のことばを借りると、

「嫁の悪口を言う楽しみを味わいに」

行ったあとである。

午後のときもある。謙三が大学に行かずに部屋にいるときに姑が外出した隙である。

夕方は、姑もこどもたちもいるので、めったにそんな時間はない。最初の場合は、めったにないそんなチャンスをとらえてやす子が誘ってきたのである。

夜は、まず不可能であった。

ところがある夜、やす子が外の階段を上ってあらわれたのである。内からも出入り出来るドアがあるのに外からあらわれたので、その意図はわかった。

すぐに謙三はやす子を部屋に入れ、ドアを閉めた。

やす子は買い物籠を提げていた。

まだ八時前で、商店は営業している。

「すごく、欲しくなったの。買い物に行くと言って出て来たの、もう買い物はすませたわ」

「おじさんは？」

「会社で、三時ごろから呑んだらしいの。さっき帰って来て、ぐっすり眠っているわ。呑むと眠くなる人なの」

行為に入りながら謙三は、

（家の中に亭主がいるときにこうするのははじめてだな）

そう思った。

また、

（昨日の朝、よろこばせてやったばかりじゃないか。この女、どこまで好きなのか）

（この調子で行くと、おれは勉強するエネルギーをこの女に吸い取られてしまうぞ）

とも思った。しかし、週二回を限度にしよう、などという提案は出来ない。やす子の心を傷つけるおそれがあるのだ。女を悲しませるのは好きではない。

「ああ」

終わったあと、やす子は謙三を抱きしめながら、

「一晩でいいから、ゆっくりしたいわ。時間も気にしないで朝まで」

と言った。

これは、当然の心理であろう。しかし人妻であり母親であるやす子としては、不可能に近い願望である。

「ぼくはいつでもいいのに、おばさんが無理だから、しかたがない」

「うちの人、死んでくれないかしら。そうしたら、人に知られたって平気だわ」

言ってはならないことを平気で言うやす子に、謙三は女のおそろしさを感じた。しかし、悪い気はしなかった。

謙三が間借りしてから三月目。やがて夏休みに入ろうとするある夕方、電車のなかで工藤といっしょになった。

工藤はワイシャツ姿で、丸くふくらんだ鞄をたいせつそうに抱えていた。典型的な中年サラリーマンの姿である。

同じ家に帰るので、いっしょに改札口を出る。

「どうだね？　その辺で生ビールでも呑もうか？」

「いいですね」

二人は大衆酒場に入って行った。

当然謙三は電車のなかで工藤に会ったときから、

（おれはこの人の女房を寝取っているのだ）

といううしろめたさをおぼえつづけていた。それが態度にあらわれて怪しまれてはいけないので、努めて虚心になるべくふるまっていた。

大ジョッキを合わせて乾盃したあと、工藤は口のまわりをおしぼりで拭きながら、

「原田《はらだ》君は、女房の話だと、まだだれも女の子が訪ねて来ないそうだが、ガールフレンドはい

ないのかい？」

　と訊いてきた。

「現在のところ、いません」

「ほう、別れたのかい？」

「そうです」

　引っ越す十日ほど前である。謙三は同じ学部で科のちがう岩山由起子《いわやまゆきこ》を恋人にしていた。

　ところがある夜、新宿で偶然由起子の友達の新山弘子《にいやまひろこ》に会った。由起子に紹介された子である。

　酒場に誘うと、ついてきた。呑んでいるうちに誘いたくなり、結局、部屋に連れて帰った。

　朝、全裸で抱き合って寝ているところに、合鍵を持っている由起子がドアを開けて入って来たのである。由起子が朝来たことはないので、油断していたのだ。

　由起子は去って行った。弘子には恋人がいた。その恋人を、由起子は知っている。由起子が恋人に報告するのを恐れて、弘子との仲もそれっきりであった。

　しかし、そんな事情は工藤には話さないほうが賢明である。

「性格が合わないから別れて、今はだれもいません」

　謙三はそう答えた。

「なるほど。で、その相手とは、どこまでの仲だったのかい？」

「それはまあ、ご想像通りです」

「なるほど。それでよく、女の子は別れて行ったものだ」

「気の強い子なんです」

大学構内で、由起子と顔を合わせる。由起子は嫌悪の情を示してそっぽを向いてすれちがうのである。

弘子と会う。

弘子は挨拶はして来るが、謙三が話しかけようとすると、

「だめ」

首を振って逃げて行く。

「そうなんです」

「それじゃ、今は不自由しているわけだ」

「どうしている?」

「しかたありません、耐えているだけです」

「ソープランドには行かないのかね?」

「行くことはありません」

「どうして?」

「そんな金はありません。ギリギリの金しか送ってもらっていないんです」

「あれも病みつきになると高くつくからなあ」

感慨をこめた口調で、工藤はそう言った。実感がこもっている。

で、謙三は声をひそめた。

「おじさん、よく行くんですか？」

「女房に言うなよ」

工藤は目をきらめかせた。

「わたしはな、ソープの通なんだ。きみも、行くときはわしに相談するといい。川崎から西川口まで、全部知っておる」

「へえ」

「つまらない店に入ったら、大損だぞきみ。いい店のいい女にぶつからなきゃ」

「おどろいたな」

「会社でも、ソープ博士で通っとる」

「おばさんは知っているんですか？」

「そんなへまはやらんよ。女房はな、わしを女嫌いと思い込んどる」

「はあ」

「きみ、結婚するときはな、最初が肝腎なんだぞ。最初から、セックスには淡白と思わせなきゃいかん。若いうちは、一生けんめいに女房にサービスしたがる。あれがいかん。あれは十日に一度ぐらいなものと思い込ませることよ。それ以上は、向こうが求めてきても、なんのかんのと理屈をつけて、相手にせんことだ。そうしないと、女房の相手をするのが重荷になって来る。そうなったら、外で楽しむ余裕がなくなる。人生、こんな損はない。男はな、つぎつぎにあたらしい女と楽しみたいという本能を持っているもんだよ。そのためには、女房も家政婦にしてしまうことだ。女房を女にしてはいかん」

腹のなかで謙三は唸りつづけていた。

(そうか。この男、そうだったのか。それにしても、よくもまあ、うまく女房をごまかしているものだ)

「じゃ、おじさんがときどき遅く帰るのは、外で楽しんで来るわけですね」

「そう。残業なんか、めったにせん。逆に、勤務時間中でも行っている」

「キャバレーは?」

「あんなところ、時間と金の浪費だよ。それに、ばあさんばかりじゃ。女はやはり、若くなきゃいかん。今、わしは三人のソープ嬢と仲好くしとるが、三人とも二十ちょっとぐらいよ」

「三人も?」

「おお、三人よ。そのうちの二人は、もう店には行かん、連絡して、アパートに行く。そのほうが、向こうだって、実収入がいい。わしだって、余分な金を払わなくてすむというもんだ。また、気分もいい」

「月にどのくらい、行っているんですか?」

「週に二回は行く」

「じゃ、費用もたいへんですね?」

「なあに、それぐらいの金はある。給料はそっくり女房に渡しているが、女房に知られん金はある。週に二回のソープランドぐらい、どうとでもなる。しかし、きみにはおごらんぞ、酒代はおごってもいい、女を買う金は人におごられるものじゃない」

「わかっています」

「第一ソープランドだとあとくされがない。べとついた関係にならなくてすむ。プロだからサービスはいい。きみ」

工藤は声をひそめた。

「尻の穴にまでサービスしてくれるんじゃ。普通の女じゃ、とてもそんなまねはせんじゃろうが」

「はあ」

「わしはな、無駄は嫌いなんじゃ。女房にサービスするのは最低限にとどめる。バーやキャバレーの女を追いかけたりはせん。きみ、ソープ嬢も女子大生も同じ女じゃよ。差別をしちゃいかん」

「しかし、うまくおばさんをだましておれるものですね」

「要領だよ。それに、計算通りに行動することじゃよ。そりゃわしだって、女房を抱きたいと思うことがある。女房だから、手を伸ばせば、鼻を鳴らしてしがみついて来る。しかし、そこをがまんするんだ。この前から、まだ五日しか経っていないぞ、と自分に言い聞かせる。五日目にもう欲しがっているとわからせちゃたいへんだ。あとあとにひびく。自分でやっても女房を抱いてはいかん」

「それじゃ、おばさんがかわいそうです」

「いいか」

工藤はさらに声をひそめ、謙三の肩に手をかけてきた。

「やす子はな、きみの部屋に前にいた会社員と通じておったんじゃ」

「まさか」

(知っていたのか?)

「いや、ほんとうじゃよ。わしは、知っていて知らん顔をしておった」

「どうしてです?」

「へへへへ。そのほうがわしに都合がいいじゃないか」

「しかし……」

「まあ、待ちなさい」

二人は三杯目の生ビールを呑みつつあった。

「女房が他の男と密通する。普通の男なら、たとえ自分が浮気しておっても、嫉妬しなくても、おこる」

「それが当然です」

「そこが、男のバカな点よ。自分はもう、女房のからだにあきている。自分のエネルギーには限度がある。同じことなら、若い子を抱きたい。女房がほかの男と寝ると、それだけこっちはせがまれなくてすむ。こんないいことはない」

「そんな心境になれないのが普通でしょう」

「そこがいけないんだ。割り切ることよ。わしはな、結婚して出て行ったあの男に、ずっと感謝しておった。おかげで、女房は不平ひとつ言わなかったからな」

「知られていたことを、おばさんは知っていましたか？」

「いや、知らんだろう。気がついたというそぶりも見せなかったからな」

（この男、おれとやす子さんのことも知っているのではないか？）

（いや、そんなはずはない。おれとのことを知らないから、こうしてしゃべっているんだ）

「すごい精神力ですね？」

「自分に都合のいいことをしてくれているのに、それをぶちこわすために騒ぐ必要はないんだ。とにかくきみも、将来のことを考えたら、恋人にあまりサービスするなよ。きみ自身のエネルギーはこの程度だと思い込ませなきゃ」

「はあ」

「そこでだ」

「は？」

工藤は謙三の耳に口をつけた。

「きみに頼みがある」

「はあ」

「きみの前にいた男がいなくなって、相手がいなくなって、やす子は焦立っている」

「………」

「きみ、よかったら相手になってやってくれ」

「まさか」

「いや、わしは本気で頼んどるんだ。あの女は、きみが越してきたときから、なんとかしてきみを誘惑しようとしている。きみがその気になってくれたら、いっぺんだ」

「冗談は言わないでください」

工藤は四杯目を注文した。

「冗談ではない。ま、あんな大年増だから、きみはいやかも知れんが、それでもタダで出来るんだぞ。それに、あれで、あそこはそう悪くはない。男好きだから、サービスもしてくれるはずだ」

「………」

「どうかね？　その気にはなれないかね？」

「なれません。いや、おばさんが魅力がないからじゃなく、ちゃんとおじさんがいるんですから」

ひょっとしたら工藤は、謙三と妻との仲を疑ってさぐりを入れているのかも知れないのである。

用心しなければならない。

「このわしが、勧めているんじゃや。な、ひとつわしに協力してくれ」

「それを奥さんに言っていいんですか？」

「とんでもない。それはこまる。あくまでもわしは知らんことにしなきゃ」

工藤は謙三の肩をたたいた。

「な、頼むよ。あいつをきみが楽しませてくれたら、わしはそれだけ助かるんじゃ」

「おじさんはもう、奥さんを女と思っていないんですか？」

「きみ、十五年もいっしょにいたらそうなるもんだよ。わが女房を女と思うほど、わしはおいぼれてはおらん。世の中にはきみ、若い女がいっぱいいて、金さえ出しゃ、いくらでも自由になるんだ」

「そういうものですかねえ」

「あいつはきみ、わしが相手をせんから、出て行った会社員の後釜が欲しくてしようがないんだ。きみを狙っているのはわかっている。きみがちょっとそのそぶりを見せてくれたら、あとはあいつのほうからしかけて来るよ」

「こんなことを頼まれるなんて、はじめてです」

「成功したら、こういうところでなく、ちゃんとした料亭で祝盃を上げようじゃないか。約束するよ」

「考えさせていただきます」

「ただし、いいかい。そうなってもわしがそそのかしたと言っちゃだめだぞ。それから、きみもやがて、あたらしい恋人が出来るだろう」

「はあ」

「そのとき、部屋に連れて来れるようにしておけよ。あいつ、そうなったら、きみに情が移って、きみを束縛しようとするかも知れん。女は嫉妬深いからな。束縛されちゃいかん。きみ自身の自由は確保しとけよ」

「はあ。しかし、おばさんはぼくをこどもと思っていますよ」

「そんなことはない。わしはあいつの口から聞いて知っておる。あいつはきみを男として見ている。チャンスがあったら、きみをモノにしようとねらっている。前の男ときみ、きみの今住んでいる部屋で何百回乳くり合ったか、わからんのだ。その味をおぼえているはずだ」

「ほんとうに、前にいた人とあったんですか？」

「あったどころか、その男が結婚するとわかったときは、半狂乱になったもんだ」

「どんな人でしたか？」

「大学を出て三年ぐらい経った青年よ。実家がわりによくてな。今はマンションを買ってもらってそこで新婚生活をしているらしい。いかにもお坊ちゃんタイプの子だった。女房がその男と楽しんだ夜は、すぐにわかったもんだよ。だれに対してもきげんがいいし、わしが遅く帰っても文句を言わんからな」

大ジョッキで四杯の生ビールを呑み、二人は連れ立って家に帰った。

別れるとき工藤は、

「いいか、頼んだぞ。なんだったら、わしに報告はしなくていい、ただ、うちのばあさんとこどもには気づかれないようにしてくれよ」

そう言った。もう謙三とやす子が結びつくにきまっていると信じている口ぶりである。

部屋に入った謙三は机に向かい、

(本心か?)

(それとも、さぐりを入れてきたのか?)

首をひねって考えた。その一方では、

(これで、バレても安心だ)

とも思った。相手の亭主殿が黙認するというのだから、こんな都合の良いことはない。


まもなくの日曜日。

十時になったのでそろそろ起きようかと考えていると、家主一家に通じるドアがノックされた。

「はあーい」

そのまま返事をする。

ノブがまわされる。

しかし、こっちからカギがかかっているので、開かない。

謙三は起きてドアの近くに寄った。

「どなたですか?」

「あたしよ」

やす子の声である。

こうして公然とノックするのだから、忍んで来たのではない。

謙三はドアを開けた。

やす子が、きびしい顔で立っていた。

「お客さんよ」

「だれです?」

「女の人。岩山さんと名乗ったわ」

由起子である。

「へえ。どこにいます?」

「うちの玄関」

外から上る階段を知らないので、玄関にまわったのだ。

「今、行きます」

と、やす子は目を光らせて寄ってきた。

声をひそめ、

「彼女なの?」

「いや、学校の友達です」

「部屋に入れるの？」

「はあ、せっかく来たんですから」

やす子は手を伸ばして、下着姿の謙三のまえを握った。

「するんでしょう？」

「まさか」

謙三は苦笑した。

「話をするだけですよ」

「きれいな子ね」

「普通ですよ」

「待たせておくから、おふとんを押し入れにしまってから迎えるのよ」

「わかっています」

「いつか、だれかが来ると思ったわ。あまり、あたしを焦立たせないで」

ひときわ強く握ったあと、やす子は去って行った。

謙三はふとんを上げ、服を着て廊下に出、階段を下りて玄関に行った。

由起子はやす子と話していた。やす子が何かをしきりに質問し、戸惑いながら由起子が答えているようだ。

謙三は由起子を部屋に案内した。

入ってドアを閉めるなり、由起子は、

「あのおばさん、あなたの何なの？」

と言った。嫌悪の情を露骨に示している。

「下宿のおばさんさ」

「まるで刑事みたい。しつこくあたしのことを問うんだもの」

「女の子が訪ねて来たのははじめてだから、好奇心を起こしたんだろうよ」

「はじめて？　弘子さんは来ないの？」

「あの子とはあのときだけだよ。向こうだって、恋人がいるんだ。きみにみつかったからぶるっちゃって、おれを見たら逃げる」

「ほんとうかしら？」

由起子は廊下に通じるドアを背にして正座した。

「ほんとうだよ。おれはまだ、きみが許してくれるのを待っているんだ」

「許すと思っているの？」

「希望している」

「思い出しても、気が狂いそうになるわ」

「心機一転するため引っ越したんだ。な、そろそろ機嫌を直せよ」

「あのとき、何回目だったの？」

「誓っていいよ。呑んでいるうちに、ふらふらと出来心を起こしたんだ。じっさい、あの子があんなに簡単について来るとは思っていなかったよ」

「あたしに知れてもいいと思ったんでしょう？」

「そんなことはない。きみに悪いことをしていると、ずっと思っていた」

「あなたを許したから来た、とは思わないでちょうだい」

「気がすむまでなじっていいよ」

　謙三は由起子ににじり寄り、頬を突き出した。

「なじってもしようがないわ」

「じゃ、どうすればいい？」

「それがわからないから、来たのよ。あたし、見ちゃったんだもの。ああ、せつない」

　さらに寄って、謙三は由起子を抱こうとした。

　由起子は抵抗した。

「いやっ触らないで」

　しかし謙三は力をゆるめず、由起子を抱きしめ、もがく力を封じ、くちびるをくちびるにぶっつけた。

　途中で由起子の抵抗は止み、抱き返してきた。接吻にも応じはじめた。

（これで、復活した）

（いつかは、この子はもどって来ると思っていたんだ。今まで意地を張っていた。この子としては、今までがせいいっぱいだったんだろう）

　くちびるをはずし、

「ごめんね」

耳許にささやくと、

「もうしないと約束して」

由起子は甘い声を出した。

「約束するよ」

ドアがノックされた。あわてて離れようとしたが、その前にドアは開かれ、やす子が入ってきた。

手に盆を持っている。

「あら、ごめんなさい」

やす子は口ではあやまりながらも、こわばった表情で進んできて、盆をテーブルの上に置いた。

「コーヒーを入れたから、持って来たの」

抱擁しているのを見られたのは、まちがいない。

由起子は窓のほうを向いてしまった。

(返事しないうちに開けるなんて)

しかし、ロックしなかったこっちが悪い。由起子とはこれまで縁が切れていたので、ロックできなかったのだ。

そのまま、やす子は座ってしまった。

「原田さん、紹介してくださる?」

目の奥に嫉妬の光がある。

しかたがない。あらためて謙三は由起子をやす子に紹介した。

由起子もしかたなさそうにあたまを下げ、

「よろしくお願いします」

と言った。

それに対してやす子は、

「ほんとうによくいらっしゃいました。じつはね、原田さんに女性のお客さんは、はじめてなんですよ。いい男だから、女性の友達がいらっしゃるはずなのにふしぎだと、主人とも話していたの。これで安心しましたわ。ほほほほ」

やす子はよくしゃべった。心とはうらはらのことばであることは、由起子を見る目つきでもわかる。

もしこどもが呼びに来なければ、なおも邪魔をつづけたにちがいない。

小学校に行っている女の子が、

「電話よ」

と言って呼びに来たので、

「じゃ、ごゆっくり」

と言ってやす子が去ったあと、謙三はドアに鍵をかけた。

「あのおばさん、あなたに気があるんじゃないかしら？　あなたを見る目がおかしいわ」

由起子は首をひねった。

「いや、ああいう性分なんだろう。それにしても、もう来ないだろう」

由起子のそばにもどった謙三は、背後から抱き、耳たぶを嚙んで、

「ふとんを敷くよ」

と言った。

「まだ、話があるの」

「ふとんのなかでしよう」

「そんな」

しかし、かまわずに謙三はふとんを敷き、服を脱ぎ、ついでに全裸になった。もう、耳たぶを嚙んだときから、謙三のからだは興奮状態にある。

それをとくに誇示するでもかくすでもなく自然に由起子のそばに寄って、

「おれが脱がせて上げる」

ブラウスのボタンに手をかけた。由起子は抵抗しなかった。

パンティだけにして、ふとんのなかに引きずり込み、肌を密着させる。

「久しぶりだ」

「だれかと、してたんでしょう」

「ずっと謹慎していた」

「あてにならないわ」

「きみこそ、だれかと遊んだんじゃないか」

「そうだったら、どうなさる？」

「おい、おどかすなよ」

顔を遠ざけて、その目をみつめた。

「何か、あったのか？」

「あったら？」

由起子の目に、自信にみちたからかいの色がにじんだ。謙三が心配していることを楽しんでいる。

(可愛い子だ)

謙三は腰を由起子の腿に押しつけた。

「それは困る」

「だって自分はあの子を抱いたくせに」

「たとえおれがそうしても、きみは困る。あれからずっと、きみはなおおれの心のなかではおれの女だったんだ」

「勝手だわ」

「あったのか？」

ゆっくりと、由起子は首を左右に振った。

「こうして訪ねて来ないわ」

「ないわ」

「ほんとうか？」

「そんな余裕があったら、こんなに苦しまないわ。また、こうして訪ねて来ないわ」

「きみはおれのものなんだ」

由起子は燃えていた。もう前戯の必要もないくらいである。何はともあれ、からだで復縁したことを確認しなければならない。謙三はいつもとちがって、一直線に進むことにした。

その謙三を迎えて由起子は、

「ああ」

いつもに倍する声を上げて謙三を抱きしめて、

「お願い」

震え声を出した。

「じっとしていて」

謙三はその要望通りに深く一体となって動きを停めたのだが、逆に由起子のからだのけいれんは止まず、しだいにそのけいれんは大きくなり、

「あなた、あなた」

と叫び出し、やがて由起子の粘膜にとどろきが生じ、

「あっ、あっ」

と叫び出したので、もうこれは抑えられなくなったのだと判断し、運動をはじめた。

同時に、工藤一家に声が聞こえるのを防ぐために、そのくちびるをくちびるで封じた。由起子は急上昇した。

(やはり、ちがう。好きな子をよろこばせるのは気分の良いものだ)

やす子相手では、こういう心情的な充足感は得られない。

最初の突風に似た嵐が去って、謙三は由起子の頰に接吻した。

「本気で別れるつもりだったのかい？」

「……」

「おれが、きみを放すものか？」

「もう、あたしを苦しめないで」

「おれが憎かったか？」

「ううん。あの子が憎かった。あたしのあなたと知っていながら……」

「あの子のことは忘れよう。おれも、もう忘れた」

「向こうから誘ってもことわって」

「もうそんなことはないだろうが、その場合はそうするよ」

正午過ぎまで二人はふとんのなかで、たがいに久しぶりのからだをたしかめ合った。もう由起子は、かつての由起子にもどっていた。いやがるかも知れないと案じたが、抵抗なく謙三のからだをくちびるにふくんだ。

昼食の用意は由起子がし、二人で食べた。やす子はノックしない。もう謙三は、由起子とのことはやす子に知られてもいいつもりであった。むしろ、知ってもらったほうがいいのである。やす子には謙三の自由を束縛する権利はないのである。

昼食後、ふたたび二人はふとんのなかに入った。

「今まで、どうしていたの？」

「自分で処理していた」

「ほんとう？　だれかいるんじゃない？」

「いないよ。きみを思い出しながら、自分でしていた」

「もったいない」

「きみが許してくれなかったから、しかたがない」

「苦しかったわ。あたまがへんになりそうなときもあったわ。もういや。死んでも別れないんだから」

夕方、由起子は起きた。由起子の靴は玄関にある。

謙三はそれを取って、外の階段のほうにまわした。

「これから、こっちから上がって来るといい。そうすれば、家主に声をかけなくてすむ」

由起子は両親とともに住んでいる。だから、これまで泊まったことはない。

きょうも早く帰らねばならない。

謙三は送って外へ出た。

「あれから、弘子さんとはどうなっているんだい……」

「口を利かないわ。あの子、あたしがあの子の彼に言うかと思ってびくびくしているけど、それぐらいの罰は受けてもらいたいの」

「言わなかったのか？」

「言ってもしようがないでしょう？　あたしの恥になるだけなんだもの」

駅まで送って行く。

電車が来るまで、改札口のそばでいっしょにいた。

「これからも、ふいに行くわ」

「いいよ。いつでも、そうだ、鍵を渡すのを忘れた」

「いいの。もう二度とあんな場面にはぶっつかりたくないもの」

「それを言うなよ。もうああいうことはないよ」

電車が来た。由起子は改札口を通ってホームに走り、謙三をふりかえって手を振り、電車に乗った。

電車が出るのを見送って、部屋へともどる。この前工藤に生ビールをご馳走になった大衆酒場の前にさしかかった。

こういうところの店は、日曜日でも営業している。

のれんを分けて、工藤が出て来た。

「あ、きみ、きみを待っていたんだ」

「はあ……」

「いや、どうせ駅まで送ったらもどって来ると思ってね」

謙三は酒場のなかに招き入れられた。

工藤は生ビールを呑んでいた。その横に腰かける。工藤は謙三のためにビールを注文した。

「あの子が、彼女なのかい？」

「そうです」

「とうとう、よりをもどしに来たわけだな？」

「結果としてそうなりました」

「女は可愛いね。意地を張っても、結局はきみを忘れられなかったわけだ」

「はあ」

「ところで、うちのやす子が、きみのところにあの子が訪ねて来たんで、目の色を変えてしまっている」

「そんなことはないでしょう」

「いや、わしにはわかる。これで、きみを誘惑できる可能性がうすくなったんだからな」

「まさか、そんな」

「そうなんだよ。じつを言うと、わしの企画も、これでおじゃんになりそうで、わしも弱っておるんだ。な、原田君、なんとかしてくれないか？」

「と言いますと……」

「ああいう可愛い子とよりがもどったんなら、うちのなんかに興味はないだろうが、そこはそれ、たまには変わった女も試みてみるもんだよ」

「何事も人生経験じゃないか。若い娘にはない良さもあろうというもんだ。そこでだ、もしきみがわしの希望通りにしてくれたら、お礼を出そう」

「……」

謙三は溜め息をついた。

「奇っ怪な話ですね。それほど、奥さんの要求ははげしいんですか？」

「いや、そうじゃない。わしから目をそらせておきたいんじゃよ。それに、わしにもあいつへの思いやりもある。何しろ、ほとんどほったらかしているんだから、かわいそうなんだ。わしがうしろめたさをおぼえずに遊びまわるためにも、あいつにも楽しんでもらわなきゃいかん」

「本心ですか」

「まったくの本心だ。な、もしあいつと仲好くしてくれたら、五万円上げよう。そのあと、一回につき五千円出す。これでどうだ？」

「しかし、おばさんがぼくを嫌えば、どうしようもありませんよ」

「そんなことは絶対にない。きょうのあいつの態度で、わしは確信を持った。きみがちょっと魚心のあるそぶりを示せばいいんだ。な、頼む。あいつはそういう女なんだ」

工藤は異常な熱心さを示してなおも謙三を口説きつづけ、生ビールが三杯目になったとき、ついに謙三は、「どうとでもなれ」という気分で工藤の申し出を承知した。

その大衆酒場を出ると工藤は、

「わしはこれから馴染みのソープ嬢の部屋に行く。わしに会ったことは言わないでくれ」

そう言って、通りがかりのタクシーを停め、にやりと笑いながら手を振って乗った。謙三は部屋に向かった。

すでに夜である。外の階段から上って部屋の灯をつけると、すぐにやす子がやってきた。

「あの子が、別れたという彼女?」

「そうです」

「よりがもどったわけね」

部屋にはふとんが敷かれたままである。

「そういうわけです」

「しかたがないわ。ああいう可愛い子じゃ」

思ったほど、やす子は気分をこわしていない。謙三が由起子と呑んできたと思っているようだ。

謙三の腕を取った。

「疲れた?」

「うん、すこしばかり」

謙三はやす子を抱き、挨拶程度の接吻をした。

「今夜、うちの人はマージャンよ。十二時前には帰って来ないの。八時半に、外から来ていい? ううん、疲れているでしょうから、何もしなくていいの」

ことわる理由はない。それに、由起子の来訪で不愉快になっていることはたしかなので、謙三はうなずいた。おそらく、姑やこどもには何かの用で近所に行くと言って家を出るのにちがいない。

やす子は去り、謙三は八時半にやす子がそのまま入ってこれるように外からのドアに鍵をかけずにふとんのなかに入った。すぐに眠った。

目を覚ましたとき、やす子は全裸になって謙三の顔をみつめていた。

「あ、もう八時半？」

「もう九時よ。三十分、こうして顔を見ていたの」

「起こしてくれればよかったのに」

それまで謙三の眠りをさまたげまいとして遠慮していたのであろう。やす子の手が伸びて来た。謙三は眠ったので元気を回復させており、すぐにふくらんだ。

つぎの日曜、工藤が部屋に入ってきた。

「どうだね？　まだチャンスはないかい？」

「そのことですが」

謙三は、一週間の間に考えたことを話しはじめた。

「このままでは、ぼくにはそんな勇気はありません。どうでしょうか？　おじさんも承知しているからと言っておばさんにアタックすることにしては？」

「ふーむ」

「それができるんなら、ぼくだって勇気が出ますよ。そうじゃなきゃ、いきなりたたかれて、この部屋を追い出される心配もあるわけです。そうなったら、おじさんだって、反対できないでしょう。おじさんの許可を得たとほのめかしていいんなら、失敗しても、おばさんの怒りはぼくよりもおじさんに向かいます」

「なるほど、しかし」

「そうじゃなきゃ、だめです」

工藤はしばらく考えていたが、やがて決然とした態度で、

「よろしい」

と言った。

「わしが承知したと言っていい。そのかわり、ソープ嬢のことは言わないでくれ。わしが弱くて、女房の要求に応じられない。それで、わしのかわりに女房を楽しませてくれ。わしがそう頼んだことにしよう」

「じゃ、いいんですね」

「しかたがない。それに、あいつには前科があるんだ。おこりはせんよ。今度は公然と浮気ができると思って、よろこんできみの腕の中に飛び込んで来るはずだ」

「じゃ、そう言って口説いてみます」

「よし、さっそくわしが帰って、あいつにここに来させるようにしよう。ちょうど、ばあさんとこどもたちは、八王子《はちおうじ》のわしの兄貴の家に行った。いいか、わしは出かけ、女房が来る。き

み、体調はいいかい?」

「だいじょうぶです」

「まさか、この前の彼女が訪ねて来ることはないだろうね」

「きょうは来ません」

「そんならいい。どっちにしても、きみの彼女に知られちゃたいへんだからな。このことはわしら夫婦ときみの三人だけの秘密にしなきゃ」

「どう言っておばさんをここに来させるんです」

「わしは用があって出る。きみが何か話があるそうだから行ってみろ。そう言うよ」

工藤が去って三十分ほどして、やす子が廊下に通じるドアをノックした。

「何か話があるんですって」

「そうなんです。おじさん、出て行きましたか?」

「今、出て行ったわ。将棋をさしに行ったみたい。おばあちゃんもこどもたちもいないのよ」

やす子は部屋に入って来た。

「重要な話なんです。ま、座ってください」

「こわいわね、まさか、ここを出て行くというんじゃないでしょうね」

「そうじゃありません」

謙三は声をひそめ、工藤の要望を伝えた。もちろん、工藤のほんとうの理由は言わない。あくまでも工藤がやす子の女としての生活に気を使っているためということにした。

「まあ、あの人が？」

「そうなんです。それに、ぼくの前にこの部屋にいた人とのことも、とっくに知っていましたよ。ぼくも同じようなことをしておばさんを慰めてくれ、と言うんです」

しばらく、やす子は声も出なかった。一点をみつめて、動かなかった。

やがて、低くつぶやいた。

「あなたとのことも知って、そう言ったんじゃないかしら？」

「さあ、それはわかりません。とにかく、これでおじさんの許可を得たわけです。どうしますか？　おばさんと深い仲になったと報告してもいいですか？」

「どうしようかしら？」

「報告すれば、これからは今までよりもずっと自由に会えます」

「夜中にだって来れるわね。でも、あの人、ほかのことを企んでいるんじゃないかしら？　離婚しようとしているのかな？」

「そうじゃないでしょう。そうだったら、ぼくの前の人のときに騒ぎ立てたはずです」

「ちょっと考えさせて」

そのあと、二人はふとんのなかに入って、交歓した。

そのなかで、やす子は、

「いいわ」

と言った。

「あたしとこうなったと言って。ただし、きょうがはじめてだということにしてよ」

「もちろんです」

夕方、こどもたちよりも先に工藤が帰って来た。

廊下に通じるドアをノックした。ノックのしかたで、工藤だとわかる。

「今、帰った。すると、あいつ、まともにおれの顔を見ないで、ここに来いと言うんだ。どうだった？」

謙三は大きくうなずいた。

「おじさんの希望通りになりました」

「そうか。それはよかった。あいつの顔を見て、そう思ったよ」

工藤は顔をかがやかせて部屋に入ってきた。

「で、味はどうだった？」

目の奥に複雑な光が揺らいでいる。嫉妬もこもっているようだし、変則的な欲望もちらついている。

ふっと謙三は、

（この男、マゾ的な快感を得るために女房をおれに提供したのではなかろうか？）

と思った。

しかし、工藤の意図がどうであれ、サイコロは投げられたのだ。

「すばらしかった。どうしてあんないい奥さんに興味がないんですか？」

「きみ、夫婦というのはね、欲望以外の日常生活での接触が多いんだ。食事や洗濯、家計のやりくり、おたがいの実家とのつきあい。純粋に男と女にはなりきれないんだ。きみ、魚の煮付けが甘過ぎるとどなった相手とふとんのなかに入って、純粋にオスになってサービス出来るかい?」

「………?」

「それに、長い間いっしょに暮らしていると、おたがいにいやな点を知ってしまうし、たとえば屁の音も聞かせるようになる。たいていの男はきみ、女房のヌードには興味を示さないもんだ」

「………」

「男女はね、新鮮じゃなきゃいかん。それに、男として女としてのつきあい以外のつきあいはなるべく少ないほうがいい。亭主と女房は、それが一番多いんだ」

「ぼくに怒りや憎しみは感じませんか」

「とんでもない。わしは」

工藤は両手で謙三の手を握った。

「きみに感謝するよ」

「本心から、そうですか?」

「女房だからだよ」

「そうとも、そうか、よかった、じゃ、これからも可愛がってくれるか?」

「いいんですか?」

「もちろん、つづけて欲しいんだ。そうじゃなきゃ、意味がない。ただし、あいつははげしいだろうけど、きみの都合の悪いときははっきりことわっていいんだよ」

「ぼくがこうして報告することも、奥さんは知っていますよ」

「うん、だから、わしにここに来いと言ったんだ」

「帰って、どういう顔で会うんですか?」

「そうだな、うん、ちょっと照れくさいな。よし、それよりきみもいっしょに会ったほうがいい。来てくれるか?」

「けっこうです」

謙三は工藤のあとにしたがって部屋を出た。工藤は謙三にささやいた。

「わしの前であいつの肩を抱きしめてやってくれ」

「はあ」

やす子は茶の間に正座していた。工藤がもどって来てどう言うかと、緊張して待っていた様子である。

工藤はやす子の前に座った。

謙三はその横をまわって、やす子と並んだ。やす子はじっとうつむいている。

「聞いたよ」

と工藤は落ち着いた声で言った。

「楽しかったそうじゃないか？」

やす子は顔を上げた。

「おこらないの？」

「おこるわけがない。わしが勧めたんだ。わしは、わしみたいな亭主を持った女は、ほかの男と楽しむ権利がある、と思っている。前から思っていた」

「………」

「亭主の弱さにつきあって一生を棒に振るなんて、女の生き方として合理的じゃないよ。めったにない一生だ。楽しめるうちは楽しまなきゃ」

「ほんとうにそう思ってくれているの？」

「安心しろ、これからは、両方とも都合が良かったら、夜中にこの人のところへ忍んで行ってこい。わしに遠慮することはない。ただし、この人は学生さんで、勉強途上の人だ。あまり勉強をさまたげるようなことはするなよ」

「わかっているわ」

謙三はやす子の手を握った。

やす子は握り返してきた。

「それから、この人には恋人がいる。その恋人にはぜったいみつからないようにしなきゃ。恋人とのことで嫉妬しちゃいかん」

「わかっているわ」

「あくまでも、おまえはあのきれいなお嬢さんから、この人をこっそり貸してもらっているだけなんだ。そのことを忘れないようにしてくれ」

「はい」

「それから、おふくろやこどもたちにはぜったいに知られないように。また、近所の評判にならないようにしてくれ」

「気をつけます」

そこで工藤はかたわらのたばこをとって口にくわえ、謙三にも勧めた。

おいしそうに一服して、

「ところで、どうだね？　久しぶりに若い人に抱かれて、よかったろう」

やす子はうなずいた。

「すてきだったわ」

「何回、良くなった？」

やす子は謙三をかえりみた。

目が濡れている。夫に告白するのに刺激をおぼえているようだ。

「何回だった？」

「五回か六回でしょう」

謙三は普通の声で答えた。

「ほう、そりゃいいね。どうだい、今度、二人の楽しんでいるのを見せてくれないか？」

「この人、長くかかるの」

　やす子は工藤に言った。

「ぼくは一回だけです」

「きみは？」

「まさか」

　謙三は首を振った。

「そんなこと出来ません」

　と、やす子は強く謙三の手を握って、

「どうして？　いいじゃない？」

　甘ったるい声を出した。

「この人が見たいというんだから、いいじゃない」

「おばさん、いいんですか？」

「あたしはいいわ。考えただけでぞくぞくする」

「じゃ、ぼくもかまいません」

「今夜はどうですか？　一回だけなら、きみの若さじゃだいじょうぶだろう」

「はあ」

　やす子は謙三に上体を傾けてきた。

「そうして」

「こどもたちもばあさんも、夜は早い。寝るところは離れている。よし、じゃきみ、十一時になったら呼びに行くよ。わしたちの寝室にきてくれ」

「ね」

やす子は謙三の膝に手を置いた。

「来て、あたし、また欲しくなったの」

やす子はふとんのなかにいるときと同じ目つきになっていた。

初出誌

別れたけれど　「週刊小説」1979年1月19日号
情事は別　〃　1978年12月22日号
茶色い靴　〃　1978年7月21日号
未遂の理由　〃　1978年9月15日号
負けた男　〃　1978年10月27日号
適齢期を過ぎて　「問題小説」1979年3月号
過去の男　「週刊小説」1979年2月8日号
浪人の夏　〃　1978年8月10日号
約束と欲望　〃　1978年10月19日号
三人の秘密　〃　1979年4月19日号

単行本

ジョイ・ノベルス（実業之日本社）1979年5月刊

光文社文庫

傑作小説
三人《さんにん》の秘密《ひみつ》
著者　富《とみ》島《しま》健《たけ》夫《お》

2000年9月20日　初版1刷発行
2005年12月5日　7刷発行

発行者　篠原睦子
印刷　慶昌堂印刷
製本　明泉堂製本

発行所　株式会社光文社
〒112-8011　東京都文京区音羽1-16-6
電話　(03)5395-8149　編集部
8114　販売部
8125　業務部
振替　00160-3-115347

落丁本・乱丁本は業務部にご連絡くだされば、お取替えいたします。
ISBN4-334-73057-4　Printed in Japan

お願い　光文社文庫をお読みになって、いかがでございましたか。「読後の感想」を編集部あてに、ぜひお送りください。

　このほか光文社文庫では、どんな本をお読みになりましたか。これから、どういう本をご希望ですか。

　どの本も、誤植がないようつとめていますが、もしお気づきの点がございましたら、お教えください。ご職業、ご年齢などもお書きそえいただければ幸いです。当社の規定により本来の目的以外に使用せず、大切に扱わせていただきます。

光文社文庫編集部